外国人のための日本語 例文・問題シリーズ13

語　　彙

三　浦　昭
マクグロイン花岡直美
共著

荒竹出版

監修者の言葉

このシリーズは、日本国内はもとより、欧米、アジア、オーストラリアなどで、長年、日本語教育にたずさわってきた教師三十七名が、言語理論をどのように教育の現場に活かすかという観点から、アイデアを持ち寄ってできたものです。私達は、日本語を教えている現職の先生方に使っていただくだけでなく、同時に、中・上級レベルの学生の復習用にも使えるものを作るように努力しました。

このシリーズの主な目的は、「例文・問題シリーズ」という副題からも明らかなように、学生には、今まで習得した日本語の総復習と自己診断のためのお手本を、教師の方々には、教室で即戦力となる例文と問題を提供することにあります。既存の言語理論および日本語文法に関する諸学者の識見を無視せず、むしろ、それを現場へ応用するという姿勢を忘れなかったという点で、ある意味で、これは教則本的実用文法シリーズと言えるかと思います。

従来、文部省で認められてきた十品詞論は、古典文法論ではともかく、現代日本語の分析には不充分であることは、日本語教師なら、だれでも知っています。そこで、このシリーズでは、品詞を自立語では、動詞、イ形容詞、ナ形容詞、名詞、副詞、接続詞、数詞、間投詞、コ・ソ・ア・ド指示詞の九品詞、付属語では、接頭辞、接尾辞、(ダ・デス、マス指示詞を含む)助動詞、形式名詞、助詞、助数詞の六品詞の、全部で十五に分類しました。さらに細かい各品詞の意味論的・統語論的な分類については、各巻の執筆者の判断にまかせました。

また、活用の形についても、未然・連用・終止・連体・仮定・命令の六形でなく、動詞、形容詞とともに、十一形の体系を採用しました。そのため、動詞は活用形によって、u動詞、ru動詞、行く動詞、来る動詞、する動詞、の五種類に分けられることになります。活用形への考慮が必要な巻では、巻頭に活用の形式を詳述してあります。

シリーズ全体にわたって、例文に使う漢字は常用漢字の範囲内にとどめるよう努めました。項目によっては、適宜、外国語で説明を加えた場合もありますが、説明はできるだけ日本語でするように心がけました。

教室で使っていただく際の便宜を考えて、解答は別冊にしました。また、この種の文法シリーズでは、各巻とも内容に重複は避けられない問題ですから、読者の便宜を考慮し、永田高志氏にお願いして、別巻として総索引を加えました。

私達の職歴は、青山学院、獨協、学習院、恵泉女学園、上智、慶應、ＩＣＵ、名古屋、南山、早稲田、国立国語研究所、国際学友会日本語学校、日米会話学院、アイオワ大、朝日カルチャーセンター、アリゾナ大、イリノイ大、メリーランド大、ミシガン大、ミドルベリー大、ペンシルベニア大、スタンフォード大、ワシントン大、ウィスコンシン大、アメリカ・カナダ十一大学連合日本研究センター、オーストラリア国立大、と多様ですが、日本語教師としての連帯感と、日本語を勉強する諸外国の学生の役に立ちたいという使命感から、このプロジェクトを通じて協力してきました。

国内だけでなく、海外在住の著者の方々とも連絡をとる必要から、名柄が「まとめ役」をいたしましたが、たわむれに、私達全員の「外国語としての日本語」歴を合計したところ、５８０年以上にも及びました。この６００年近くの経験が、このシリーズを使っていただく皆様に、いたずらな「馬齢の積み重ね」に感じられないだけの業績になっていればというのが、私達一同の願いです。

このシリーズをお使いいただいて、Two heads are better than one.（三人寄れば文殊の知恵）とお感じになるか、それとも、Too many cooks spoil the broth.（船頭多くして船山に登る）とお感じになったか、率直な御意見をお聞かせいただければと願っています。

この出版を通じて、荒竹三郎先生並びに、荒竹出版編集部の松原正明氏に大変お世話になりましたことを、特筆して感謝したいと思います。

一九八七年　秋

ミシガン大学名誉教授
上智大学比較文化学部教授　名柄　迪

はしがき

この本は、中級から上級にかけての学習者を対象としています。日本語の語彙というと、きわめて広い範囲のものになります。そこで私達ふたりは、語彙すべての問題に触れるなどという大それた野心は捨てて、学生達に特に問題となるような点に的を絞ることにしました。私達の日本語の教師歴は、北米の、しかも大学レベルに限られています。したがって、語彙の問題も、私達の日頃教えている主としてアメリカ人の学生達が特に困るような問題を、取り上げることにしました。彼らにとって一番大きな語彙の問題は、類義語の問題です。類義語の章が一番長くなったのは、そういう理由です。また、当然論じるべき語彙の問題で、省いた項目も少なくありません。例えば、助詞、擬音語、擬態語などは、外国人学生にとっての大問題に違いないのですが、それらは、このシリーズの他の巻でくわしく扱われているので、そちらを参考にしていただくことにしました。

例文と練習問題は、「田中さんは毎日六時に起きます」式の、現実を反映しない、機械的な文は避けるように努め（と言っても残念ながら、そんな文もかなり顔を見せてはいますが）、なるべく「日本でいちばん人気のあるスポーツは野球だろう」のように現実に即した文を使うようにしました。それは私達が「田中さんは六時に起きます」式の文に満ちた教科書に飽き飽きしているからです。日本語の教科書や参考書が、この点でもう少し神経を使って現実的な文章に頼るようにすれば、外国人は頭を使って日本語を学ぶようになると同時に、少しでも日本についての知識を増やしていけるのではないかというのが、私達の気持ちです。

この本は、ふたりが第一章を半分ずつ分担して書き、あとは三浦が第二、四、五章、マクグロインが第三章を担当しました。しかし、原稿が一応仕上がった段階で、一ページ目からディスカッションによる推敲を重ね、数回にわたりふたりで手を加えて書き上げたので、最終的には各章ともふたりの協力によって出来たと言う以外にありません。そのようにふたりで注意し合って作った本ではありますが、いろいろ不備な点が残ってしまったと思います。ご指導・ご批判をお願いいたします。

一九八八年十一月

三浦　昭

マクグロイン花岡直美

目次

本書の使い方

本書における各項目の構成は、㈠ことばの提示、㈡説明、㈢例文、㈣練習問題から成っています。まず説明と例文を読んで、それから練習問題をやってみて下さい。各項目にある練習問題は、その前にある説明が分かったかどうかを確かめるためのものです。最後の章は、総合問題になっています。総合問題で復習と力試しをやって下さい。

語彙の問題というのは、例外が多いので、特に接頭辞・接尾辞などの場合は、一つ一つの例を見て使い方を覚えるようにして下さい。また、類義語の場合、二つの単語のどちらも適当であるが、ニュアンスが違うという場合がしばしばあります。コンテクストによって変わる言葉の使い方の微妙な違いを学ぶようにして下さい。

独習書として、また、クラスでの語彙学習の一環として、学習者の皆さんの、また、現場の先生方のお役に立てば幸甚です。

第一章 類義語

〔一〕名 詞

(1) 「となり」と「横」

「となり」も「横」も人や物が並行して並んでいる状態を表すが、「となり」は二つのものを同等のものとして表す。「横」は、あるものが付属的に並んでいる状態を表す。そのため、「となり」は同じカテゴリーのものについて使われることが多いが、「横」は同じカテゴリーのものでも違うカテゴリーのものでもいい。

(1) ソファーの横（＊となり）にねこがいるでしょう。

注 ＊は誤用を示す。

(2) 玄関の横（＊となり）に立っている女の人は誰ですか。

(3) 玄関の横（?となり）に大きな桜の木がある。

注 ?は不自然な用法を示す。

(4) 郵便局は東京駅の｛となり／横｝にあります。

(5)　この写真のあなたの｛となり／横｝にいる人は誰ですか。

右の(5)の場合、「となり」を使うと「あなた」も「人」も同等の感じだが、「横」を使うと「あなた」が主で「人」が副という感じになる。

練習問題〔一〕の(1)

適当な言葉をえらびなさい。どちらでもいい場合は、そのむね示しなさい。

1　留守をする時は、（となり・横）の家の人に言っておくほうがいい。
2　喫茶店はデパートの（となり・横）にあります。
3　玄関の（となり・横）に立っている女の人は誰ですか。

(2)「別」と「ほか」

「別の」は、英語の different に近く、二つの物を対等に比較して、それらが一致しないという意味。「ほかの」は、英語の other 又は another に近く、「今問題にしているもの以外」という意味。例えば「別の日」というと、今問題にしている日とは時間が違う、ある特定の日を指している。それに対し、「ほかの日」というと、今問題にしている日以外の日、つまり、今問題にしている日ではない不特定の日を指している。

(1)　私は田中さんとは違う別の（＊ほかの）意見を持っている。
(2)　私はほかの（＊別の）人とは違う意見を持っている。

右の(1)では、田中さんの意見と私の意見という二つの特定のものの対照なので、「ほかの」はおかしいが、(2)では、私と私以外の不特定の人々との対照なので、「ほかの」がいい。この場合、ある特定の人を考えているのなら、「別の」と言わないで名前を述べるのが普通であろう。

(3)　このニュースは、この新聞には出ていないが、{ほかの／別の}新聞には出ています。

右の(3)の場合、「ほかの新聞」というと「この新聞じゃない不特定の新聞」のこと。「別の新聞」というと「名前が違う特定の新聞」のことになる。

(4)　この大学の日本語のクラスについては、別に文句はない。

「別に……ない」というのは「特に……ない」「特に取り立てて言うほどのものはない」という意味。

練習問題〔一〕の(2)

「別」か「ほか」のどちらかを入れなさい。どちらでもいい場合は両方入れなさい。

1　私は田中さんと同じ寮に住んでいますが、部屋は（　　）です。
2　このレストランはうるさいから、どこか（　　）のレストランへ行きましょう。
3　昔は女の子は男の子とは（　　）の学校へ行かなければならなかった。

4 〔クラスで先生がある質問に答えたあと〕
先生「（　　）に質問がありますか。」
学生「いいえ、（　　）にありません。」

5 これは私のではありません。（　　）の人のです。

(3) 「なか」と「うち」

「うち」は立体的な空間を指すことはできない。

(1) アメリカの北部では真冬でも家のなか（＊うち）は暖かい。

次のように範囲を示す場合は「なか」でも「うち」でもいい。

(2) 日本の四つの島の｛なか／うち｝で一番大きいのは本州だ。

時間的範囲の場合は「なか」はおかしい。

(3) 一年のうち（＊なか）で一番忙しいのは年末だろう。

右の(2)(3)の例文において、「うちで」は「で」を伴わないで使われることもある。

練習問題〔一〕の(3)

「うち」か「なか」のどちらかを入れなさい。どちらでもいい場合は、両方入れなさい。

1 漢字を草書にしている（　　）に平仮名ができあがった。

2 三人の（　　）、一人は西洋人だった。

3 芥川が書いた小説の（　　）で、どれが一番面白いと思いますか。

4 普通の小説は日本語科の三年生には難しい。でも、（　　）にはそれほどでもないものもある。

5 一週間の（　　）で一番楽しいのは金曜日の晩だ。

(4) 「学生」と「生徒」

「学生」と「生徒」を比べると、「学生」の方が年上である。アメリカ英語では、小学生でも大学生でも student であるが、日本語では区別をつける。

(1) 小学校の生徒でもこのごろはよく塾へ通っている。

(2) 東大の学生は、スポーツが上手とは言えない。

個人教授の場合は、年齢にかかわらず「生徒」と言う。

(3) 隣の家の奥さんはピアノの先生で、毎日たくさんの生徒を教えている。

練習問題〔一〕の(4)

適当な言葉をえらびなさい。

1　アメリカの大学には、教授なのか、（学生・生徒）なのか分からないようなかっこうの人が多い。

2　日本でも、幼稚園の（学生・生徒）はなかなか元気だ。

3　私は昔自宅でドイツ語を教えていたが、（学生・生徒）のなかには大学の先生もいた。

(5)「値段」と「物価」

物価は特定の品物だけでなく、あらゆる物の値段である。

(1)　このごろは物価が高くて困る。安いと言える物は何もない。

(2)　物価が異常に上がることをインフレという。

(3)　日本の米の値段はどうして高いのだろうか。

(4)　秋葉原へ行くと、たいていの物は値段が安い。

練習問題〔一〕の(5)

適当な言葉をえらびなさい。

1　ガソリンの（値段・物価）は、いつも上がったり下がったりしている。

2　初めて日本へ来たアメリカ人は、（値段・物価）の高いのに驚（おどろ）く。

3　（値段・物価）ばかり上がって収入が上がらないというのは困る。

⑹「答え」と「返事」

「答え」と「返事」は同じように使えることもある。

(1)　日本では先生に名前を呼ばれたら、「はい」と｛答える／返事する｝。

試験の問題に対しては「答え」を書く。この場合は「返事」とは言わない。

(2)　数学の試験が難しすぎて答え（＊返事）が分からなかった。

人から手紙をもらって、こちらから出す場合は、「返事」であって「答え」ではない。

(3)　人から手紙を受け取ったら、なるべく早く返事（＊答え）を出すのがよい。

練習問題〔一〕の⑹

適当な言葉をえらびなさい。どちらでもいい場合は、そのむね示しなさい。

1　「上田（うえだ）君」と呼んだのに、何も（答え・返事）がなかった。

2　遠藤さんから手紙をもらったので、早速（答え・返事）を出した。

3　試験問題がやさしかったので、全部（答えられた・返事が出来た）。

(7)　「教師」と「先生」

「教師」は「学校で何かの教科を教える人」である。

(1)　アメリカの教師は日本の教師ほど社会の尊敬を受けていない。

(2)　優秀な人が教師になりたがらないのは、給料が悪いからだとよく言われる。

「先生」にも「教師」の意味があるが、「教師」より会話的だし、敬意もこもっている。従って、呼びかけや対称詞やタイトルには「先生」が用いられる。「教師」にはそのような使用法はない。

(3)　先生、この単語の発音を教えて下さいませんか。

(4)　先生はよく映画へいらっしゃいますか。

(5)　小倉先生はずいぶん博識だ。

「教師」と違って「先生」は使用範囲が広く、教師のほか、作家、政治家、医者などに対する呼びかけ、対称詞、タイトルにも用いられる。また、「先生」は敬意を含む言葉であるから、（子供に話しかける時は例外として）自分について語る時には使わない方がよい。

練習問題〔一〕の(7)

適当な言葉をえらびなさい。どちらでもいい場合は、そのむね示しなさい。

1　あの（教師・先生）にはずいぶんお世話になりました。

2　「君、来年大学卒業したら何になるつもりだい？」
「高校の英語の（教師・先生）にでもなろうかと思っているんだ。」

3　横井さんは、昔の教え子に今でも（教師々々・先生々々）と慕われているそうだ。

⑻　「次」と「今度」

近い将来の曜日・週末などについて語る場合は、「次」ではなく「今度」の方がよい。例えば、次の例文⑴の話し手が、木曜日に三日先の日曜日のことを語っているとすれば、「今度」でなければおかしい。

⑴　今度の（＊次の）日曜日にはピクニックにでも行きたい。

⑵　今度の週末は忙しくて駄目だから、次の週末にしましょう。

練習問題〔一〕の⑻

適当な言葉をえらびなさい。

1　きょうは二月三日水曜日だから、（次・今度）の日曜日は七日でしょう。

2　きょうは一月三十一日日曜日だから、（次・今度）の日曜日は二月七日でしょう。

(9) 「緑」と「青」

「緑」はほぼ英語の green に当たる。「青」は英語の blue に当たることもあるが、時に green に相当することもある。しかし後者の場合は、草木や信号などに限られている。

(1) 空は青い。

(2) {青々とした／緑の} 芝生（しばふ）

(3) 信号が青（？緑）になったら渡（わた）りましょう。

「青い」には、そのほか「顔色が悪い」の意味もある。

(4) 彼（かれ）は病気なのか青い顔をしている。

練習問題〔一〕の(9)

適当な言葉をえらびなさい。どちらでもいい場合は、そのむね示しなさい。

1 エメラルドの色は（緑・青）である。

2 紺色（こんいろ）というのは、濃（こ）い（緑・青）である。

3 家内（かない）は、頭が痛いと言って、（緑の・青い）顔をしている。

4 アメリカの大学のキャンパスで先（ま）ず気がつくのは、（緑の・青々とした）芝生（しばふ）である。

⑽「うち」と「いえ」

「我が家」の意味では「うち」を使うのがよい。

(1) きのうは一日中うち（＊いえ）にいた。

(2) よかったらうち（＊いえ）へ遊びに来てください。

「一軒の家屋」の場合は、「うち」でも「いえ」でもいいが、「うち」の方が「いえ」より会話的であろう。

(3) サラリーマンは誰でも一軒の{うち／いえ}を持ちたいと思っている。

法律用語としては「いえ」の方がよい。

(4) いえを担保にして借金をするのは危険ではなかろうか。

練習問題〔一〕の⑽

適当な言葉をえらびなさい。どちらでもいい場合は、そのむね示しなさい。

1 日本の（うち・いえ）は、昔と比べてずいぶん小さくなった。

2 （うち・いえ）の父は週末は専らゴルフです。

3 休日ぐらいは（うち・いえ）でゆっくりしたいものだ。

4　林さんは火事で（うち・いえ）を焼いてしまったそうだ。

〔二〕　動　詞

(1)　「する」と「やる」

「する」という動詞は、会話ではしばしば「やる」におきかえられることがある。
「やる」は、ゲーム、スポーツ、仕事などを表す名詞のあとに来る場合が多い。

(1)　三歳の頃からチェスを{して／やって}いれば、上手になるのはあたりまえだ。

(2)　学者は皆いい研究を{したい／やりたい}と思うのが普通だ。

(3)　日本のサラリーマンにとって、ゴルフを{する／やる}のも仕事の一つだ。

「する」がその前の名詞と結合して動詞となる場合、又慣用句などでは「やる」におきかえられない。

(4)　一日中勉強した（＊やった）。

(5)　あの人はいつも大きな顔をしている（＊やっている）。

(6)　ひどいせきをしている（＊やっている）。

練習問題〔二〕の(1)

適当な言葉をえらびなさい。どちらでもいい場合は、そのむね示しなさい。

1 ファミコンは英語を勉強（して・やって）からにしなさい。
2 アイルランド系の人は、たいてい青い目を（して・やって）いる。
3 高校のころは、ずいぶん野球を（した・やった）。
4 食事は買い物を（して・やって）からにしましょう。

(2) 「ある」と「持っている」

「ある」も「持っている」も何かを所有しているという意味で使われる。

(1) a 彼は一千万円あるらしい。
　b 彼は一千万円持っているらしい。
(2) a 日本語の辞書がありますか。
　b 日本語の辞書を持っていますか。

次の(3)(4)のように家族兄弟など、人の場合は、「持っている」を使うと、自分の所有物のような意味になるので不適当なことがある。

(3) a 彼は奥さんがある。

(4) b ＊彼は奥さんを持っている。
　　a 私は妹が二人ある。
　　b ＊私は妹を二人持っている。

ただし次のような例外的表現もある。

(5) 妻を持つ身

また次のように、どちらでもよいこともある。

(6) あの先生は大勢の弟子{がある／を持っている}。

「ある」が一時的な状態を、「持っている」がかなり長い期間の状態を表すこともある。

(7) 今、仕事があって（＊仕事を持っていて）忙しいので、あとで来ていただけませんか。

(8) 私は{仕事を持っている／仕事がある}ので、自分の時間はあまりない。

練習問題〔二〕の(2)

適当な言葉をえらびなさい。どちらでもいい場合は、そのむね示しなさい。

1 今日は、ひまな時間{を持っている／がある}ので、買い物に行くつもりです。

2 今晩の音楽会の切符{を二枚持っています / が二枚あります}が、一緒に行きませんか。

3 兄は子供{を三人持っている / が三人ある}。

4 クレジット・カード{を持っていない / がない}と、困ることがある。

5 今日は宿題{をたくさん持っている / がたくさんある}ので、映画を見に行けない。

6 こまかいお金{を持っていますか / がありますか}。

(3) 「反する」と「反対する」

「反する」は英語の violate に似ており、習慣、規則、命令などに従わないこと。「反対する」は英語の oppose に近く、ある考えや計画、意見などに賛成しないこと。

(1) a 日本で右側を運転するのは交通規則に反することだ。
　　b 牛肉を食べることは仏教の習慣に反することだ。

(2) a 大統領の意見に賛成ですか、反対ですか。
　　b 核兵器の使用に反対している人は多い。

練習問題〔二〕の(3)

適当な言葉をえらびなさい。

1　人間の上下（じょうげ）の区別は人間性に（反する・反対する）ことだと福沢諭吉（ふくざわゆきち）は言った。

2　期待に（反して・反対して）試験はやさしかった。

3　私の両親は私の結婚（けっこん）に（反して・反対して）いる。

(4)「分かる」と「知る」

「知る」は事物を外部的に認識することであり、「分かる」は事物の実態を心でつかむことである。従って、「分かる」は「自然に明らかになる」という意味合いが強く、無意志作用の場合が多い。

(1) 田中さんという人は知りません。

(2) 田中さんという人はどうも分かりません。

右の(1)は、田中さんという人が話者の知識のなかに存在していないことを示すが、(2)は田中さんという人がどういう人であるか、その実態がつかめない、という意味である。

(3) 日本語の「に」の字も知らない外国人は、日本へ行って困るだろう。

(4) 日本語が分からない外国人は、日本へ行って困るだろう。

右の(3)は、日本語の知識を持たないことであり、(4)は日本語の知識の有る無しにかかわらず、聞いたり読んだりしても理解出来ない、という意味である。「知る」は外部的認識を表すので、話者自身のことについて言う場合には「分かる」の方がよい。

(5)　「あしたのパーティーに行きますか。」
「まだ分かりません（＊知りません）。」

他者のことについて言う場合は、「分かる」でも「知る」でもいいが、「知らない」には「我関せず」というような冷たいニュアンスがあるので、「分からない」の方が丁寧に聞こえることが多い。

(6)　「池田さんはいつ結婚するんでしょうか。」
「さあ、ちょっと分かりませんが。」

助詞について言えば、「分かる」は「が」を取り、「知る」は「を」を取る。

(7)　外国語が分かる。
(8)　外国語を知っている。

練習問題〔二の(4)

適当な言葉をえらびなさい。

1　この問題はいくら考えても（分かり・知り）ません。
2　「佐藤一男という人を知っていますか。」

「ええ、(分かって・知って) いますが、何を考えているんだか、さっぱり (分からない・知らない) 人ですね。」

3 私は今年の夏日本へ行くつもりだが、何日に立つか、まだ (分からない・知らない)。

4 お母さんは子供に「(分からない・知らない) 人と話してはいけませんよ」と言う。

5 「どうして日本語を勉強しているんですか。」「実は自分でもよく (分からない・知らない) んです。」

6 日本語の初級の生徒達は、先生の言うことが (分かって・知って) もなかなか答えられないようだ。

7 クラスがないことを (分からなかった・知らなかった) ので、教室へ行ってびっくりした。

(5) 「話す」と「言う」

次のような場面では「話す」も「言う」も使える。

(1) わけがあるんなら、正直に{話して／言って}ごらん。

しかし、「言う」が一方的伝達であるのに対し、「話す」は話者と聞き手相互間の伝達という気持ちがある。

(2) 二人で何か話している。

(3) 二人で何か言っている。

右の(2)は、二人が話し合っているという感じだが、(3)は、二人がほかの人に何かを伝達しようとしているという感じである。

「話す」は、ある程度まとまった内容のあることについて用いられるが、「言う」にはそのような制約はない。

(4) 電話では「もしもし」と言う（＊話す）。

練習問題〔二〕の(5)

適当な言葉をえらびなさい。

1 電話で十分ぐらい彼と（話した・言った）。
2 日本人は食事の前に「いただきます」と（話す・言う）。
3 どんな相手でも、よく（話せば・言えば）分かってくれるでしょう。
4 先生が（話した・言った）通りにしました。
5 私が「こんにちは」と（話した・言った）のに、あの人は知らないふりをして行ってしまった。

(6) 「聞く」と「頼む」

「聞く」は英語の hear か listen 又は ask (a question) に相当する。

(1) ニューヨークに日本の高校が出来ると聞いた。
(2) 毎朝ラジオのニュースを聞くようにしている。
(3) 分からないことがあったら、先生に聞いて下さい。
(4) 誰(だれ)かに頼(たの)まれると、絶対に「いや」と言えない人がいる。

「頼(たの)む」は、同じ ask でも、ask（a question）ではなく、ask（a favor）に当たる。

練習問題〔二〕の(6)

適当な言葉をえらびなさい。

1　アメリカでは、ベビーシッターに子供を（聞いて・頼(たの)んで）外出するのが常識になっている。
2　父は、私が（聞いた・頼(たの)んだ）ことをよく（聞いて・頼(たの)んで）いなかったらしく、結局何もしてくれなかった。

(7)「教える」と「知らせる」

「教える」は、知識や技能（例文(1)）の場合だけでなく、相手の知らない情報を相手に分からせるとか、気付かせる場合（例文(2)(3)(4)）にも使われる。
つまり、日本語の「教える」は英語の teach だけでなく tell とか show などにもあたる。

(1) 子供に英語を教えるのは難しい。

(2) 日にちが決まったら教えてください。
(3) 人に道順を教えてあげた。
(4) お財布を落としたと教えてあげたら、その人は大変喜んでいた。

例文(2)では、「教える」を「知らせる」におきかえることができるが、例文(4)の場合、落とした人にすぐその場で「落としましたよ」と言ってあげたとすると、「知らせる」は使えない。「知らせる」は「あとで」「手紙で」「電話で」などのように、伝達をする者とされる者との間に少々距離がある場合の言い方である。

練習問題〔二〕の(7)

「知らせる」か「教える」の適当な活用形を入れなさい。どちらでもいい場合は、両方入れなさい。

1 すみませんが、電話で試験の時間を（　　　）くださいませんか。
2 この機械の使い方を（　　　）ください。
3 パーティーの日にちが決まったら、（　　　）ください。
4 到着の時間を手紙で（　　　）が、なんの返事もない。
5 今、ここで、ほんとうのことを（　　　）ください。
6 バスの運転手がバスの乗り場を（　　　）くれた。

(8) 「あがる」と「のぼる」

「あがる」も「のぼる」も上に行く動作を示すが、「あがる」は瞬間動作で、上に行った状態が重視され、「のぼる」は継続動作で、上に行く過程が問題となることが多い。従って、「のぼる」が使われると、一歩一歩努力をして進んで行くという意味が強い。

(1) 富士山にのぼる人は多い。
(2) 階段をのぼったりおりたりすると、かなり運動になる。
(3) お手洗いは階段をあがった突きあたりです。
(4) 日本の家で床の間にあがってはいけません。

(2)と(3)ではどちらも階段が問題になっているが、(2)では階段の上まで行くプロセスが、(3)では階段の上まで行ったという結果的事実が問題になっている。

練習問題〔二〕の(8)

適当な言葉をえらびなさい。

1 坂道を（あがる・のぼる）と疲れる。
2 二階へ（あがる・のぼる）と富士山が見える。
3 旗が（あがる・のぼる）と歓声があがった。
4 はしごを（あがる・のぼる）時は注意して下さい。

(9)「考える」と「思う」

「意見を持つ」という意味の時は、「考える」でも「思う」でもよい。

(1) 私はそう考える。
(2) 私はそう思う。

(1)と(2)を比べると、(1)の方が堅い感じがするが、意味上の違いはあまりない。しかし、「考える」は理性的・思索的・分析的・意図的であり、「思う」は情緒的であるから、次の(3)(4)は「考える」でなければならないし、(5)(6)は「思う」でなければならない。

(3) その問題について、いろいろ考えたが、解決出来なかった。
(4) どうしたらいいか考えてごらんなさい。
(5) 子供のころをなつかしく思う。
(6) 異国にいれば、誰でも故郷を思う気持ちは同じだ。

「思う」は何か目的語がなければならないが、「考える」は目的語がなくてもよい。例えば、(7)は「考える」ならよいが、「思う」は使えない。

(7) 人間は考える動物だ。

練習問題〔二〕の(9)

適当な言葉をえらびなさい。

1　ロダンの有名な作品に「（考える・思う）人」というのがある。
2　知らないことは、いくら（考えて・思って）も分かるはずがない。
3　大戦が終わって復員した人々は、「ああ、よかった」と心から（考えた・思った）に違（ちが）いない。

(10)「助ける」と「手伝う」

「手伝う」は「仕事を助ける」の意味である。

(1)　兄が宿題を手伝ってくれた。
(2)　上司が引（ひ）っ越（こ）す時は、手伝わないわけにはいかない。

右の例文(1)(2)で「助ける」も使えないことはないが、大袈裟（おおげさ）な感じになる。「助ける」は「救う」「救助する」などのニュアンスが強い。

(3)　手伝って下さい。
(4)　助けて下さい。

右の(3)は、重い荷物が持てないとか、洗うべき皿が多すぎて困っている、というような状況（じょうきょう）で使うが、(4)はもっと切実で、溺（おぼ）れそうだとか、「命だけはご勘弁（かんべん）を」という状況（じょうきょう）で使う。

練習問題〔二〕の⑽

適当な言葉をえらびなさい。

1 自動車事故で怪我(けが)した人を見かけたら、車を止めて（助けて・手伝って）上げるべきだ。

2 このごろの若い女性は、誰(だれ)かに（助けて・手伝って）もらわずに帯を締(し)めることが出来ない。

3 アメリカの大学には、親に（助けて・手伝って）もらわないで、自分で授業料を稼(かせ)ぐ学生も多い。

⑾「働く」と「勤める」

「働く」は「仕事をする」の意味で、別に会社などに勤めていなくてもよい。

(1) 日本の主婦はこのごろ台所仕事が楽になって、昔(むかし)ほど働かなくてもよくなった。

(2) 人間は働かなければ食べられない。

「勤める」は「勤務する」の意味で、会社などに就職して仕事を始めることである。

(3) 大学生は、卒業したらすぐどこかに勤めるのが普通(ふつう)だ。

助詞について言えば、「働く」は「で」を取り、「勤める」は「に」を取る。

(4) 日本で働きたくてやって来る東南アジア人がかなり増えている。

(5)　島田さんはソニーに勤めている。

練習問題〔二〕の⑾

適当な言葉をえらびなさい。

1　日本の会社に（働いて・勤めて）いる人たちは、みんなろくに休みも取らずに（働いて・勤めて）ばかりいると言われる。

2　小説家のように、どこにも（働かず・勤めず）、時間に縛られずに、自宅で（働く・勤める）人を「自由業者」という。

⑿「習う」と「覚える」

「習う」は「誰かのもとで何かを勉強する」の意味である。「覚える」は「記憶に入れる」の意味である。

(1)　日本人は学校で何年も英語を習うのに、あまり上手にならない。

(2)　日本では、三、四歳の子供でもピアノを習っていることが珍しくない。

(3)　日本人にはアメリカ人の名前は覚えにくい。

(4)　いくら漢字を習っても、覚えられなければ意味がない。

練習問題〔二〕の⑿

適当な言葉をえらびなさい。

1 自分の家の電話番号が（習えない・覚えられない）なんて変だ。

2 バイオリンは鈴木先生に（習う・覚える）のが一番いいでしょう。

3 「アメリカの大学で二年ぐらい日本語を（習った・覚えた）んですが、全部忘れてしまいました。」
「本当ですか。何も（習って・覚えて）ないんですか。」

(13) 「眠る」と「寝る」

「眠る」は「睡眠を取る」または「寝入る」の意味である。「寝る」は「眠る」より遙かに意味が広く、「眠る」の意味のほかに、「横になる」「床に就く」の意味もある。従って、次の(1)は「眠る」でも「寝る」でもいいが、(2)と(3)は「寝る」でなければならない。

(1) 毎晩八時間も{眠れば／寝れば}充分なはずだ。

(2) アメリカの大学生は、春になると芝生に寝て（＊眠って）本など読むことが多い。

(3) ゆうべは早く寝た（＊眠った）のだが、あまりよく眠れなかった。

練習問題〔二〕の(13)

適当な言葉をえらびなさい。どちらでもいい場合は、そのむね示しなさい。

1　誰でも（眠らないで・寝ないで）働いてばかりいれば病気になってしまうのは当然だ。

2　先生「遠藤君は欠席ですか。」
　学生「さっき彼に電話したら、かぜを引いて（眠って・寝て）いるんだって言っていました。」

3　夜遅く濃いコーヒーを飲むと、（眠れ・寝られ）なくなる人がいる。

⒁ 「はやっている」と「人気がある」

「はやっている」は一時的な流行、特にファッションとか、病気とか、一時的な風俗習慣について用いられるのが普通である。

(1)　この冬はいやな風邪がはやっている。

(2)　このごろアメリカではどんなゲームがはやっていますか。

「人気がある」は、「多くの人に好まれている」の意味であるから、ファッションやスポーツやゲームなどに使えるが、病気などには使えない。従って、右の(2)には使えるが、(1)には使えない。又「はやっている」が一時的であるのに反して、「人気がある」は一時的でも一時的でなくてもいい。

(3)　日本でいちばん人気のあるスポーツは野球だろう。

日本での野球の人気は一時的なものではないから、(3)において「はやっている」は使えない。

また、「はやっている」が事柄について使われるのに反し、「人気がある」は事物でもよく人間でもいい。

(4) レーガンは非常に人気のある（＊はやっている）大統領と言われる。

練習問題〔二〕の(14)

適当な言葉をえらびなさい。どちらでもいい場合は、そのむね示しなさい。

1 エルビス・プレスリーは今でもなかなか（はやっていて・人気があって）、彼が住んでいた家には観光客が絶えないそうだ。

2. 日本では、このごろどんなファッションが（はやっている・人気がある）んだろうか。

3 エイズの（はやっている・人気がある）国へは行きたくない。

〔三〕 形容詞

(1) 「若い」と「小さい」

「若い」は、子供を指すことはできない。子供は「小さい」で、「若い」と言うためには、少なくとも十代の後半ぐらいになっていなければならない。

(1) 小さいころ（＝子供の時）は、よくけんかをしたものだ。

(2) 若いころ（＝例えば、大学生の時）は、よく飲んだものだ。

(3) 新宿には若い人のための店が多い。

(4) 小さい子供を教えるのは難しい。

練習問題〔三の(1)〕

適当な言葉をえらびなさい。どちらでもいい場合は、そのむね示しなさい。

1 彼は（若い・小さい）時は日本語が話せたんですが、八歳の時アメリカへ来たので今はもう駄目です。

2 モーツァルトは（若い・小さい）時からピアノやバイオリンが上手で、五歳ぐらいでもうリサイタルなどやっていたらしい。

3 原宿や新宿では、いつでも（若い・小さい）人達で道がいっぱいだ。

(2)「古い」と「年を取った」

原則として、「古い」は物に使われる。人の場合は「年を取った」「年寄り」などと言う。

(1) 法隆寺は古い建物だ。

(2) 年を取った人を大事にするべきだ。

「古い」を人に使った場合は、「時代遅れ」とか「長く勤めている」とかいう意味になる。

(3) うちの父は古くて困る。

(4) この会社で一番古いのは加藤さんだ。

練習問題〔三〕の(2)

適当な言葉をえらびなさい。

1 （古い・年を取った）人は一般的に考え方が（古い・年を取っている）。

2 （古い・年を取った）家は修理が大変だ。

3 （古い・年を取った）おばあさんには席を譲ってあげよう。

(3) 「広い」と「大きい」

「広い」は、平面的な広がりを示すことが多い。

(1) a 狭い道を広くした。
  b 肩幅が広い。

「広い」は、空間的な広がりにも使われる。

(2) a 広い家。
  b 広い空。

右の(2)では「大きい」も使える。しかし、「広い」と「大きい」を比べると、「大きい」がある広がりを客観的に捉えるのに対し、「広い」は話し手が、ある広がりを自分または他の事物との関係において主観的に捉（とら）えている。

(3) a ずいぶん広い家ですねえ。（家の中で言っている。話し手が空間の広さを自分との関係で見ている。）

b ずいぶん大きい家ですねえ。（家の外から家を見て言っている感じ。）

次の(4)は、「広い」の比喩（ひゆ）的用法の例である。

(4) a 顔が広い。（「知っている人が多い」の意味。）

b つき合いが広い。（「交際している人が多い」の意味。）

練習問題〔三〕の(3)

適当な言葉をえらびなさい。どちらでもいい場合は、そのむね示しなさい。

1 アメリカを車で旅行すると、アメリカの（広い・大きい）ことがよくわかる。

2 アメリカでは、プールつきの（広い・大きい）家でも三十万ドルぐらい出せば買える。

3 （広い・大きい）テレビの方が見やすい。

4 もっと道が（広ければ・大きければ）車の渋滞（じゅうたい）も緩和（かんわ）されるだろう。

(4) 「太い」と「厚い」

「太い」も「厚い」も英語では thick という意味になることが多いが、「厚い」は一般（いっぱん）的に「薄（うす）い」

の反対語であり、平らなものに使うことが多い。

(1) 厚い紙
(2) 厚い本

「厚い」は、次の例文(3)(4)(5)のように、平面的ではないものにも使えるが、その場合にも、「厚さ」が問題になっている。

(3) 厚いオーバー
(4) 厚い雲、厚い天ぷらの衣（ころも）
(5) 厚いくちびる
(6) 厚い人情

(6)は比喩（ひゆ）的な使い方の例である。

「太い」は「細い」の反対語であり、(7)(8)のように長さを持つ帯状のものか、(9)(10)のように棒状のものに使われる。

(7) 太いベルト
(8) 太いリボン
(9) 太い指
(10) 太い鉛筆（えんぴつ）

練習問題〔三〕の(4)

適当な言葉をえらびなさい。

1　ミシシッピー川は（太い・広い）川である。

2　このパンはサンドイッチにするには（太すぎる・厚すぎる）。

3　（厚い・太い）紙に（厚い・太い）ペンで（厚い・太い）字を書いてください。

(5)「美しい」と「きれい」

「美しい」と「きれい」は意味が似ているが、「美しい」が書き言葉的であるのに対して、「きれい」は、より話し言葉的であり、従って使用度も高い。

(1)　心も顔も美しい女性はそう多くない。

(2)　富士山（ふじさん）はいつ見ても美しい。

(3)　男の人はきれいな女の人が好きなんだ。

(4)　病気の時にきれいな花をもらうのは嬉（うれ）しいよ。

右の(3)(4)はくだけた会話文だから、「きれいな」の方が「美しい」より自然であろう。

又（また）、「きれい」には「清潔」の意味もあり、この場合は「美しい」で置きかえることが出来ない。

(5)　食事の前には、手を洗ってきれいにするのが当然だ。

(6) 背広が汚れたら、クリーニングに出してきれいにしてもらえばいい。

練習問題〔三〕の(5)

適当と思われる言葉をえらびなさい。どちらでもよい場合は、自然な方をえらびなさい。

1 あいつのガールフレンドすごく（美しい・きれいだ）ね。

2 一流ホテルのトイレはたいてい（美しく・きれいに）なっている。

(6) 「寒い」と「冷たい」

「寒い」は温度の低さを体全体で感じる状態で、従って気候・天候に使われるのが原則である。

(1) 北海道(ほっかいどう)の冬はほんとうに寒い。

(2) 冷たいシャワーを浴びるとあとで寒くなる。

「冷たい」は低い温度を体の一部で感じる時に使う。

(3) 暑い日には冷たい物が飲みたくなる。

(4) 手の冷たい人は心が温かいと言われるが、別に本当ではないだろう。

練習問題〔三〕の(6)

適当な言葉をえらびなさい。

1　東京は一月がいちばん（寒い・冷たい）月であろう。
2　（寒い・冷たい）日に（寒い・冷たい）ものを食べると、もっと（寒く・冷たく）なってしまう。
3　（寒い・冷たい）ビールはおいしいですねえ。

(7)　「あつい」と「あたたかい」

「あつい」は「温度が高い」の意味で、それを体全体で感じる時（つまり「寒い」の反対）には「暑い」と漢字で書くが、それを体の一部で感じる時（つまり「冷たい」の反対）には「熱い」と書く。

(1)　暑い時は泳ぎに行きたくなる。
(2)　熱い食べ物ばかり食べるのは、体によくないそうだ。

「あたたかい」は温度が適当に高くて心地よい時に使われる。それを体全体で感じる時には漢字で「暖かい」と書くことが多く、体の一部で感じる時には「温かい」と書く。「暑い」には「気温が高くて好ましくない」というニュアンスのあることが多いが、「あたたかい」の方はいつも「気持ちがいい」「快い」というニュアンスがある。

(3)　暖かくなると、桜（さくら）が咲（さ）き始める。
(4)　どんなに寒くても温かい手をしている人がいる。

「あたたかい」は、くだけた会話では「あったかい」になるのが普通である。

練習問題〔三〕の(7)

適当な言葉をえらびなさい。

1 東京の春は（暑く・暖かく）夏は（暑い・暖かい）。

2 寒い日でも暖房を入れると、うちじゅうが（暑く・暖かく）なる。

3 家内は風邪を引いているせいか、額が燃えるように（暑い・熱い）。

(8) 「うまい」と「上手」

「何事かに巧みである」という意味では、「うまい」も「上手」も同様に使えるが、「うまい」の方がより会話的であろう。

(1) このごろ外国人には、日本語の｛うまい／上手な｝人が少なくない。

「うまい」は「上手」と違って「おいしい」の意味にもなるが、この場合はくだけた男言葉になる。女の人は常に「おいしい」を使うし、男もあらたまった会話では「おいしい」を使う。

(2) ニューヨークのすしはなかなかうまいねえ。

(3) ニューヨークのおすしはなかなかおいしいですねえ。

練習問題〔三〕の(8)

適当な言葉をえらびなさい。どちらでもいい場合は、そのむね示しなさい。

1　あなたって、ずいぶんピアノが（うまい・上手な）のね。

2　この間は（うまい・おいしい）ケーキをどうもありがとうございました。

3　このコーヒー、すごく（うまい・おいしい）わ。

(9)「太い」と「太っている」

「太い」は体の一部、特に首、手足、指などについて用いられるのが普通である。

(1)　相撲取りは足が太い。
(2)　赤ん坊は、身長に比例して手足が太い。

「太い」は無生物に用いてもよい。

(3)　あまり太い（*太っている）ペンは使いにくい。

「太っている」は人間や動物のみに用いられ、体全体についての表現である。

(4)　アメリカ人は概して日本人より太っている。
(5)　何もしないで食べてばかりいると、だんだん太って来る。

練習問題〔三〕の(9)

正しい言葉をえらびなさい。

1 （太い・太っている）人はあまり長生きしないそうだ。

2 あのお相撲さんは（太い・太っている）けれども、足は意外に（太くない・太っていない）。

3 細い筆で（太い・太っている）字は書けない。

(10) 「嬉しい」と「楽しい」

「嬉しい」は「楽しい」と違って瞬間的な喜ばしい気持ちを指すことが多い。

(1) 試験にパスして嬉しかった（*楽しかった）。

(2) 先生に誉められるのは嬉しい（*楽しい）ものだ。

「楽しい」は、もっと長い間の気持ちを指すのが普通である。

(3) 夏休みを楽しく（*嬉しく）過ごした。

(4) きょうのパーティーは本当に楽しい（*嬉しい）パーティーだった。

「楽しい」は自分の行動に直接関係のあることについて用いられるが、「嬉しい」は自分の行動に直接関係がないことについても使える。

(5)　戦争が終わってとても嬉しかった（＊楽しかった）。

(6)　このごろは毎日の生活が楽しくて（＊嬉しくて）仕方がない。

「嬉しい」は何か特定の事柄の結果としての気持ちであるが、「楽しい」は具体的な事柄とは無関係にも使える。

練習問題〔三の⑽〕

適当な言葉をえらびなさい。

1　恋人から手紙をもらって（嬉しかった・楽しかった）。
2　青春は人間にとって一番（嬉しい・楽しい）時期ではないだろうか。
3　アメリカ留学を許可された時は、とても（嬉しかった・楽しかった）。
4　アメリカ留学の一年目は特に（嬉しかった・楽しかった）。

⑾　「多い」と「たくさん」

「多い」と「たくさん」は同じように使えることもある。

(1)　東京には日本語の上手な外国人が｛多い／たくさんいる｝。

(2)　ニューヨークには高い建物が｛多い／たくさんある｝。

しかし、「多い」は名詞を直接に修飾出来ない。例えば、次の文では「たくさん」はいいが、「多い」は使えない。

(3)　六本木の辺にはたくさん（＊多い）外国人がいる。

(4)　国会図書館にはたくさん（＊多い）本がある。

右の(3)(4)は、「多い」の代わりに「多くの」を使えば正しくなる。

(5)　六本木の辺には多くの外国人がいる。

(6)　国会図書館には多くの本がある。

ただし、「多くの」は「たくさん」に比べて書き言葉的である。

「たくさん」には「じゅうぶん」の意味があるが、「多い」にはない。

(7)　「もっとどうですか。」
「もうたくさん（＊多い）です。」

「多い」は「頻度が高い」の意味で使われることがあるが、「たくさん」にはこの用法がない。

(8)　日本人は、このごろ海外旅行に出かけることが多い（＊たくさんある）。

練習問題〔三〕の⑾

適当な言葉をえらびなさい。どちらでもいい場合は、そのむね示しなさい。

1　東京には公園があまり（多く・たくさん）ない。
2　子供の（多い・たくさんいる）家族は少なくなった。
3　日本には（多い・たくさん）山がある。
4　政治家は公約を守らないことが（多い・たくさんある）。
5　フロリダには（多くの・たくさん）老人が住んでいる。

⑿「うるさい」と「にぎやか」

「うるさい」も「にぎやか」も人間の声や乗り物などの音で騒がしい様子を示すが、「うるさい」にはマイナスの評価がある。

(1)　となりの家のパーティーがうるさくて、眠れなかった。
(2)　となりの家のパーティーは、にぎやかだった。

例文(1)では、話者がパーティーを不愉快なものとして捉えている。例文(2)は、パーティーが活気に満ちていたというほどの意味である。

練習問題〔三〕の(12)

適当な言葉をえらびなさい。

1 パーティーをする時は、人が大勢いればいるほど（うるさくて・にぎやかで）いい。

2 窓をあけると、通りの騒音で（うるさい・にぎやかだ）。

〔四〕副詞

(1)「自分で」と「一人で」

「自分で」というのは「他の人の力を借りないで」何かをすること。「一人で」というのは「他の人と一緒ではない」という状態を指す。「自分で」は英語で言えば oneself に、「一人で」は alone に当たると言えよう。

(1) 自分のことは自分で（?一人で）やるべきだ。

(2) 夜遅く女の人が一人で（*自分で）道を歩くのはあぶない。

練習問題〔四〕の(1)

適当な言葉をえらびなさい。どちらでもいい場合は、そのむね示しなさい。

1 友達が病気なので（自分で・一人で）来ました。

2 （自分で・一人で）アパートに住むのはさびしいだろう。

3 宿題は（自分で・一人で）やらないと、力がつかない。

4 アメリカには、アルバイトをして（自分で・一人で）授業料を払う大学生が結構いる。

(2) 「全く」と「全然」

「全く」に続く言葉は肯定でも否定でもよいが、「全然」に伴うのは否定詞か、否定的な意味を含む言葉でなければいけない。

(1) 富士山は全く（＊全然）すばらしい山だ。

(2) 彼の言うことは｛全く／全然｝わけが分からない。

(3) 彼の言うことは｛全く／全然｝うそだ。

練習問題〔四の(2)〕

適当な言葉をえらびなさい。どちらでもいい場合は、そのむね示しなさい。

1 千代の富士は、大きくもないのに（全く・全然）強い。

2 病気のせいか、（全く・全然）食欲がない。

(3) 「このあいだ」と「このごろ」

「このあいだ」は「先日」と同じような意味（「先日」の方が「このあいだ」よりあらたまった感じがするが）で、最近起こったことを語る時に用いられる。

(1) このあいだはどうも失礼しました。
(2) このあいだ電車の中に傘を忘れて来てしまった。

「このごろ」の方は、発話の時点で継続している動作・状態に用いられる。

(3) このごろさっぱり雨が降りませんねえ。
(4) アメリカでは、このごろ日本語を勉強する人がずいぶん増えて来た。

練習問題〔四の(3)〕

正しい言葉をえらびなさい。

1 （このあいだ・このごろ）面白い映画を見ましたよ。
2 （このあいだ・このごろ）は、車の運転の出来る女性は別に珍しくない。
3 （このあいだ・このごろ）中田さんに会わないと思っていたら、（このあいだ・このごろ）胃の手術をしたのだそうだ。

〔五〕その他

(1)「あの」と「その」

「あの」も「その」も、目の前にあるものだけでなく、目の前にないもの、つまり、見えないものを指す時にも使えるが、その場合、一般的に「あの」は話し手も聞き手も知っているものに使い、「その」は一方だけが知っているものに使う。

(1) A「きのう『七人の侍』という映画を見ましたよ。」
　　B「ああ、あの映画は面白いですね。」

(2) A「私の友達に今ウィスコンシン大学で日本語を教えている人がいるんですがね。」
　　B「そうですか。で、その方はおいくつぐらいの方ですか。」

(1)のBは、「あの」を使うことによって、自分も話題の映画を知っているということを表しているが、(2)のBは、話題になっている人を発話の時点では知らない。

練習問題〔五の(1)〕

正しい言葉をえらびなさい。

1「この間ある会合に行ったら、ひさしぶりに内藤先生にお目にかかったよ。」
「へえ……。それで、(あの・その)先生、元気？」

2 私の友達で株をやっている人がいるんだけど、（あの・その）人、去年の株の暴落でだいぶ損をしたみたい。

3 「さっき道で挨拶をした人がいたでしょう。（あの・その）人、高校の時の友達なんですよ。」
「あ、そうですか。」

4 「きのう友達の家でパーティーがあったんですけど、あなたを知っているという人に会いましたよ。」
「へえー、それで、（あの・その）人、名前は？」

「たしか、前田一郎とか言っていました。」

「ああ、（あの・その）人なら、良く知っていますよ。」

(2) 「によると」と「によって」

「によると」は英語の according to に当たり、次に述べる情報の情報源を示す。

(1) 天気予報によると、あしたは雨が降るそうだ。

(2) 新聞によると、日本の平均所得額はアメリカを上回るそうだ。

「によって」は、ある結果がある要因に対応して決まるということである。英語で言えば、depending on に当たることが多い。

(3) アメリカでは、州によって物品税が違う。

(4)　奨学金(しょうがくきん)が貰(もら)えるかどうかは成績によって決まる。

又(また)、「によって」は by 又(また)は by means of の意味になることもある。

(5)　問題は話し合いによって解決するのが一番いい。

しかし、この場合、ただ単なる道具には使われない。

(6)　＊はさみによって切った。

練習問題〔五〕の(2)

適当な言葉をえらびなさい。

1　聞くところに（よると・よって）、地球は全体的に毎年寒くなっているそうだ。
2　日本では学年に（よると・よって）教える漢字が決まっている。
3　日本語の先生に（よると・よって）、日本語の発音は難しくないそうだ。
4　文化に（よると・よって）コミュニケーションのし方が違(ちが)うのは当然だ。
5　映画に（よると・よって）有名になる小説もある。

第二章 外来語

〔一〕 外来語と和語

外来語は普通、それに相応するはずの和語と比べると、意味も用法も限られていることが多い。次に、その例を挙げる。

(1) 「ライス」と「ごはん」

普通の和食の際の主食は「ごはん」である。しかし日本のレストランで洋食を食べる時に、ごはんがお皿に盛られて出てくれば、それはもう「ごはん」ではなく、「ライス」と呼ばれる。また、「ごはん」には「食事」の意味もあるが、「ライス」にはない。

(1) ごはん（＊ライス）は二杯ぐらいでやめておいた方がいい。

(2) 給仕は「パンになさいますか、ライス（＊ごはん）になさいますか」ときく。

(3) おなかがすいたから、そろそろごはん（＊ライス）にしよう。

練習問題〔一〕の(1)

適当な言葉をえらびなさい。

1　東京あたりでは、朝食に（ライス・ごはん）の代わりにトーストを食べる人が増えて来た。

2　このごろ東京の一流レストランでフランス料理を注文すると、（ライス・ごはん）でなくパンが出て来るようになった。

(2)「ブラック」と「黒」

色の名前としては「黒」「黒い」が普通（ふつう）である。しかし「ミルクもクリームも入れないコーヒー」の意味なら、「ブラック」としか言わない。

(1) フランスの女性は黒い（＊ブラックの）服が好きだそうだ。

(2) 日本人は髪（かみ）が黒い（＊ブラックだ）。

(3) 本当のコーヒー通（つう）なら、コーヒーをブラック（＊黒）で飲むはずだ。

練習問題〔一〕の(2)

適当な言葉をえらびなさい。

1　コーヒーを（ブラック・黒）で飲めば、にがいのは当たり前だ。

2　日本人は葬式（そうしき）には（ブラック・黒）を着て行くことになっている。

(3)「ドライブ」と「運転」

「ドライブ」は原則として「遊楽を目的とする自動車での遠乗り」を指し、その他の場合には「運転」を使う。

(1) 今度の週末に天気がよかったら、箱根（はこね）までドライブ（＊運転）に行かないか。
(2) 私は中年になって初めて運転（＊ドライブ）が出来るようになったんです。
(3) このごろ日本でも、自分の車を運転（＊ドライブ）して通学する大学生が増えてきた。

練習問題〔一〕の(3)

適当な言葉をえらびなさい。

1　アメリカでは、十六歳（さい）になると高校で（ドライブ・運転）を教えてくれる。
2　東京の都心部は駐車（ちゅうしゃ）が大変なので、車を（ドライブ・運転）して通勤する人は少ない。
3　ガールフレンドと相乗りでどこかへ（ドライブ・運転）に出かけるのを「カッコいい」と考えるのは、日本の若者に限らない。

(4)「ゲスト」と「客」

ラジオやテレビのプログラムに常時出演するのではなく、一時的に招待されて出演する人を「ゲスト」という。「客」は「ゲスト」と違って意味範囲が広く、「誰かの家を訪問する人」「店で買い物をする人」などを指す。

(1) 有名人はテレビのプログラムにゲスト（＊客）として出演することが多い。

(2) このごろの日本の家は小さくなってしまって、客（＊ゲスト）を泊められる所は少ない。

(3) デパートの大売出しの日は、店が開くと同時に客（＊ゲスト）が飛び込んで行く。

練習問題〔一〕の(4)

適当な言葉をえらびなさい。

1 きょうはうちに（ゲスト・客）が来るので、早く帰らなきゃならないんです。

2 いつも（ゲスト・客）でいっぱいな店というのは、人気のある店ということだ。

3 テレビに出る人は、レギュラーでも（ゲスト・客）でも、みんなメーキャップをさせられてしまう。

(5) 「ケーキ」と「お菓子」

「ケーキ」というのは、以前「西洋菓子」と呼ばれていた西洋風のお菓子を指すが、「お菓子」の方は、和風、西洋風、その他すべての種類を含む。

(1) このごろの子供がお菓子（＊ケーキ）と言えば、大体ケーキ（＊お菓子）のことと見てよい。

(2) 東京ではケーキ（＊お菓子）を売る店ばかり増えて、まんじゅうとか大福などのお菓子（＊ケーキ）を売る店はあまり目立たない。

練習問題〔一〕の(5)

適当な言葉をえらびなさい。どちらでもいい場合は、そのむね示しなさい。

1 昔、日本で（ケーキ・お菓子）と言えば、餅菓子とか干菓子とか駄菓子などに限られていた。

2 （ケーキ・お菓子）は、小麦粉、ベーキング・パウダー、バター、砂糖などを使い、オーブンで焼いて作る物である。

3 あの喫茶店の（ケーキ・お菓子）は、おいしいので評判です。

(6) 「バス」と「風呂」

「バス」は西洋式の風呂だけを指すが、「風呂」は西洋式を含む風呂一般を指す。しかし、西洋式であろうと、和式であろうと、動詞は「風呂に入る」とか「風呂を浴びる」であって、「バスに入る」とか「バスを浴びる」とは言えない。

(1) ホテルの部屋は、普通｛バス／風呂｝つきである。

(2) 狭い団地に住んでいても、自宅に風呂（＊バス）があるのが普通になってきた。

(3) 日本人はホテルに泊まってもシャワーでは満足せず、ちゃんと風呂（＊バス）に入るのではなかろうか。

練習問題〔一〕の(6)

適当な言葉をえらびなさい。どちらでもいい場合は、そのむね示しなさい。

1 昔の日本人は、自宅に（バス・風呂）があっても、よく銭湯へ行ったものである。

2 アメリカの大学の学生寮は、（バス・風呂）つきではなくて、シャワーだけのことが多い。

(7) 「オープン」と「開く」

「開く」は一般的な言葉であるが、「オープン」は新しい店その他の開業・開店に限られている。

(1) 日本の店のドアはたいてい自動的に開く（＊オープンする）。

(2) 今駅前に建築中のデパートは来年一月に｛オープンだ／開く｝そうだ。

練習問題〔一〕の(7)

適当な言葉をえらびなさい。どちらでもいい場合は、そのむね示しなさい。

1 デパートは毎週六日間（オープンしている・開いている）。

2　駅前に又新しいスポーツ・クラブが（オープンする・開く）ことになった。

(8)「ツナ」と「まぐろ」

「ツナ」はサンドイッチやサラダに使うかんづめのものだけで、他の場合は「まぐろ」である。

(1) すしはやっぱりまぐろ（＊ツナ）が一番だ。

(2) 肉がきらいな人は、ツナ（＊まぐろ）のサンドイッチを食べればいい。

練習問題〔一〕の(8)

適当な言葉をえらびなさい。

1　このごろ日本の近海では（ツナ・まぐろ）があまりとれなくなった。

2　エッグ・サラダがいやなら、（ツナ・まぐろ）・サラダという手もある。

(9)「ホット」と「熱い」又は「暑い」

「ホット」は喫茶店用語で、西洋風の熱い飲み物、特に熱いコーヒーに使われる。他の場合は「熱い」か「暑い」を使う。

(1) 「コーヒーを下さい」

「ホットでございますか、アイスでございますか。」

「ホットです。」

(2) 寒い時は、熱い（＊ホットな）鍋料理が食べたくなる。

(3) 暑い（＊ホットな）日には食欲がなくなってしまう。

練習問題〔一〕の(9)

適当な言葉をえらびなさい。どちらでもいい場合は、そのむね示しなさい。

1 日本人は（ホットな・熱い）お風呂が好きとされている。

2 きょうは寒いのでアイス・コーヒーでなく（ホット・熱い）コーヒーを注文しよう。

3 コーヒーが（ホット・熱）すぎて舌をやけどしてしまった。

(10) 「シーズン」と「季節」

春夏秋冬は「季節」である。特定の物事がよく起こる時期は「季節」と言ってもよいが、「シーズン」の方が多く使われるであろう。

(1) 日本人の一番好む季節は多分春だろう。

(2) 九月は日本では台風の｛シーズン／季節｝である。

(3) 野球のシーズン（＊季節）は四月から始まる。

練習問題〔一〕の⑽

適当な言葉をえらびなさい。どちらでもいい場合は、そのむね示しなさい。

1　日本では（シーズン・季節）がちゃんと四つある。

2　アメリカで結婚の（シーズン・季節）というと六月だが、日本では秋だ。

⑾「ウィンドー」と「窓」

「ウィンドー」は店の飾り窓に限られ、他の場合は「窓」を使うのが普通である。

(1)　年末が近づくと、どの商店もウィンドーの飾りつけで必死になる。

(2)　団地の窓は南向きに作られていることが多い。

練習問題〔一〕の⑾

適当な言葉をえらびなさい。どちらでもいい場合は、そのむね示しなさい。

1　金がない時は、買い物をしないで、ただ店の（ウィンドー・窓）を覗いて歩くのも楽しいものだ。

2　部屋が寒い時は（ウィンドー・窓）をしめたらいい。

〔二〕 原語と意味の違う外来語

日本語の中には、英語などから入った外来語で、原語とすっかり又はほとんど意味の変わってしまったものが少なくない。次にその例を挙げてみよう。

(1) cunning と「カンニング」

原語の cunning は「ずるい」の意味だが、「カンニング」は試験の不正行為（cheating）である。

(1) 日本の大学では、アメリカの大学よりカンニングが多いのではないだろうか。

(2) mansion と「マンション」

原語の mansion は「大邸宅」の意味であって、アメリカでは余程の金持ちでないと住めないような豪邸を指すが、「マンション」は昔の「アパート」に入れ替わった言葉にすぎず、別に豪華なイメージはない。

(1) 日本では、このごろあまり立派なアパートでなくても、みんなマンションと呼ばれるようになってしまった。

(3) machine と「ミシン」

原語の machine はいろいろな機械を指すが、日本語の「ミシン」は、英語の sewing machine が短くなって出来たもので、裁縫(さいほう)に使う機械である。

(1) このごろはミシンも全部電動式になってしまって、足で動かすような旧式なものは、もう誰(だれ)も使っていないだろう。

練習問題〔二の(1)(2)(3)〕

次の言葉のなかから適当なものを（　　）に入れなさい。

「カンニング」「マンション」「ミシン」

1 一部屋(ひとへや)しかなくても（　　）と呼ばれるのは、アメリカ人から見ると極めて変だ。

2 二人(ふたり)の学生が試験で全く同じ答えを書いたら、教師は一応（　　）を疑わざるを得ない。

3 男の子でも、（　　）の使い方を習っておくと、後(あと)でずいぶん便利だろう。

4 日本に留学しているアメリカ人は、「私は（　　）に住んでいます」と言う度(たび)に、なんとなく恥(は)ずかしく感じるという。

(4) talent と「タレント」

原語の talent は「才能」の意味だが、「タレント」はテレビなどによく出る芸能人のことである。

(1) タモリはタレントとして有名である。

(5) trump と「トランプ」

原語の trump は「切り札」の意味だが、「トランプ」の方はカード・ゲームそのもの、又はそれに使うカードのことである。

(1) トランプのゲームには、ポーカーやブリッジがある。

(2) トランプの切り方は、日本とアメリカでちょっと違う。

(6) cooler と「クーラー」

アメリカで cooler と言うと、普通はピクニックなどに氷や飲み物などを入れて持って行く大きな容器のことだが、日本語の「クーラー」は冷房機のことを指す。

(1) 東京の夏は蒸し暑いので、クーラーなしでは辛くてとてもやって行けないと思う。

練習問題〔二〕の(4)(5)(6)

次の言葉のなかから適当なものを入れなさい。

「タレント」「トランプ」「クーラー」

1 （　　　）の相手がいなくても、独り占いをやって結構楽しむことが出来る。

2 このごろは日本語の上手な外国人の（　　　）なんて全然珍しくない。

3 （　　　）を入れたまま寝ると風邪を引くと言って、どんなに暑い晩でも消してしまう人がよくいる。

4　あまり有名な（　　　）になると、仕事が多すぎて大変らしい。

(7)　jar と「ジャー」

原語の jar は、瓶詰めなどに使う容器を指すが、日本語の「ジャー」は専ら魔法びんの意味に用いられる。

(1)　日本の会社などでは、いつでも熱いお茶が入れられるように、たいていジャーを置いている。

(8)　stove と「ストーブ」

アメリカでは、stove というと、台所で料理に使うオーブンつきレンジを指すことが多いが、日本語の「ストーブ」は暖房用の電気ストーブ、ガス・ストーブ、石油ストーブを指すのが普通だろう。

(1)　東京あたりの冬でも、ストーブを使わないでこたつだけだったら、ずいぶん寒いだろうと思う。

(9)　Viking と「バイキング」

英語の Viking は昔の北欧の海賊のことだが、日本語の「バイキング」はこのごろビュッフェ式の料理を指す方が普通だ。

(1) 東京では、北欧料理だけでなく、いろいろな種類のバイキングが食べられる。

練習問題〔二〕の(7)(8)(9)

次の言葉のなかから適当なものを入れなさい。

「ジャー」「ストーブ」「バイキング」

1 日本では集中暖房より（　　　　）を使う家庭の方が多いであろう。

2 朝起きたらまずお湯を沸かして、（　　　　）をいっぱいにしておくと便利だろう。

3 （　　　　）を食べに行くと、必ず食べ切れないほどお皿に取ってしまう奴がいる。

4 （　　　　）を使う人は、火事を起こさないように注意すべきだ。

(10) fight と「ファイト」

「戦う」又は「戦い」を意味するのがむしろ普通の fight と比べ、「ファイト」は「闘志」の意味に用いられるのが原則であろう。

(1) いくら才能があってもファイトのない人間は駄目だ。

(11) smart と「スマート」

英語の smart は「頭のよい」を意味するのが普通だが、「スマート」の方は「すらっとして垢抜けている」くらいの意味に用いられることが多い。

(1) 太った人がやせると、周り(まわ)の人が「スマートになりましたね」などと言う。

⑿ pants と「パンツ」

原語の pants は「ズボン」を意味する。日本語の「パンツ」もだんだんその意味に使う人が増えて来たが、「男性がズボンの下にはく下ばき」の意味に使う人の方が、まだ多い。

(1) 昔(むかし)はズボンの下にはくものを「パンツ」ではなく、「さるまた」と言ったものだ。

⒀ gas と「ガス」

台所で料理に使う gas は、日本語でも「ガス」なので別に問題はない。

(1) 料理は電気よりガスの方がやりやすい。

アメリカでは、gasoline を略して gas ということがよくあるが、日本語の「ガソリン」はいつも「ガソリン」であって、絶対に「ガス」とは言えない。

(2) このごろのガソリン（＊ガス）は前ほど大気を汚染(おせん)しない。

練習問題〔二〕の⑽⑾⑿⒀

次の言葉のなかから適当なものを入れなさい。

「ファイト」「スマート」「パンツ」「ガス」

1 戦前日本には、西洋人の男性はズボンの下に（　　）をはかないという妙な迷信があった。

2 若いころ（　　）だった男の人でも、中年になっておなかが出っぱって来るともう駄目ですね。

3 会社が大学時代に運動部に入っていた者を好んで採用するのは、そういう人間には（　　）があると信じられているからだと言われている。

4 （　　）のにおいがしたら、マッチなど使わない方がいい。

5 クラスであまり元気のない学生が、スポーツとなると急に別人のように（　　）を出すことがある。

〔三〕混同されがちな外来語

外来語のなかには、極めて発音の似ているペア、又は発音だけ同じで意味の違うものなどがある。その例を挙げてみる。

(1)「ボレー」と「バレー」

この二つはいずれも英語の volley に当たるのだが、「ボレー」はテニスのショットの一種を指し、「バレー」は「バレーボール」の略語として使われている。

(1) ボレーの出来ないテニス・プレーヤーは一流にはなれない。
(2) 日本はバスケットは勿論(もちろん)のこと、このごろはバレーも弱くなってしまった。

(2)「ストライキ」と「ストライク」

共に英語の strike から入った外来語だが、「ストライキ」が同盟罷業(ひぎょう)のことで、「スト」と略されることが多いのに反し、「ストライク」の方は野球用語で、「スト」と略されることは絶対にありえない。

(1) 春闘(しゅんとう)は年中(ねんちゅう)行事といってもいいが、ストは長く続かないのが原則である。
(2) いくらコントロールのいいピッチャーでも、ストライクばかり投げていれば、打たれてしまう。

(3)「ガラス」と「グラス」

「ガラス」はオランダ語の glas から入った単語で、窓ガラスなどの材料を指すだけであるが、いっぽう「グラス」の方は英語の glass から入った外来語で、洋酒を飲む時の容器を指す。

(1) ガラスがなかったころ、日本人は窓に何をはめていたのだろうか。
(2) ワイン・グラス、カクテル・グラスその他いろいろなグラスを集め始めたらきりがない。

(4)「コップ」と「カップ」

「コップ」はオランダ語の kop から入ったもので、水や清涼(せいりょう)飲料や牛乳を飲む時に使うガラス製品だが、「カップ」の方は英語の cup から入ったもので、料理の時に水や小麦粉などを量るのに使う容器、又はコーヒーなどを飲む時に使う茶碗のことである。

(1) のどが渇いた時には、コップ一杯の冷や水ほどおいしいものはない。

(2) コーヒーの好きな人は、毎朝モーニング・カップでたっぷり飲まないと駄目だ。

(5) 「バレー」と「バレエ」

英語の volleyball は日本語に入って「バレーボール」となったが、時に平板型の発音で「バレー」と略される。一方フランス語の ballet は日本語で「バレエ」と書かれ、第一拍にアクセントがあるのが普通である。

(1) バレー〔ボール〕はやっぱり背の高い方が断然有利だ。

(2) バレエというと、まず思い出すのはボリショイの名前だろう。

練習問題〔三の(1)(2)(3)(4)(5)

次の言葉のなかから適当なものを入れなさい。

「ボレー」「バレー」「ストライキ」「ストライク」「ガラス」
「グラス」「コップ」「カップ」「バレエ」

1 （　　　）は男女が共に楽しめるスポーツである。

2 すみませんが、水を飲みたいので（　　　）を貸して下さいませんか。

3 日本の労働組合はアメリカの組合ほど（　　）をしない。
4 背の高いテニス・プレーヤーは、ネットに出て（　　）を狙った方がいい。
5 （　　）はきわめて優雅な西洋の舞踊である。
6 鏡は（　　）で出来ている。
7 ブランディの（　　）を落として割ってしまった。
8 （　　）一杯の小麦粉でホットケーキが何枚作れますか。
9 たまが真んなかに入っても、高すぎれば（　　）ではない。
10 冬に窓（　　）を割ると寒くて困る。

(6) 「ボウル」と「ボール」

「ボウル」は英語の bowl からの外来語で、サラダなどを作る時の器を指す。「ボール」は英語の ball からの外来語で、球技に用いられるたまのことである。しかし「ボウル」も、時に「ボール」と書かれる。

(1) たくさんのサラダを作るなら、余程大きなボウルがなければ駄目だ。
(2) ボールは、それぞれのスポーツによって、形も大きさも違う。

(7) 「バス」と「バス」

日本語には書き方も発音も全く同じ「バス」という単語が二つある。英語の bus と bath とが、どちらも「バス」になってしまったためである。

(1) 最近のバスは、観光バスを除いて車掌なしになってしまった。

(2) 高級ホテルなら、絶対バス・トイレ付きと見てよかろう。

(8) 「フライ」と「フライ」

このペアも同音異義語である。一つは英語の fly から入った野球用語で、「飛球」の意味であり、もう一つは英語の fry から入って「揚げ物」の意味である。

(1) ワン・ダウンでランナー三塁なら、バッターが大きな外野フライを打てばランナーはホーム・イン出来るのが普通だ。

(2) えびフライとえびのてんぷらでは、色も違うし味も違う。

(9) 「トラック」と「トラック」

これも同音語だが、それぞれ英語の truck と track から来た単語で、意味が違う。

(1) アメリカは道路が広いので、トラックも日本のより大きいのがたくさん走っている。

(2) 陸上競技のトラックは一周四〇〇メートルである。

(10) 「ビル」と「ビール」

「ビル」は英語の building に当たる日本語「ビルディング」が短くなった形であるが、「ビール」

はオランダ語の bier から入ったもので、「ビル」より一拍長い。

(1) 一九六〇年代以来、日本にもずいぶん高いビルが建ちはじめた。

(2) 日本人はビールを大きいジョッキで飲むのが好きだ。

練習問題〔三〕の(6)(7)(8)(9)(10)

次の言葉のなかから適当なものを入れなさい。

「ボウル」「ボール」「バス」「フライ」「トラック」「ビル」「ビール」

1 ピッチャーの投げた（　　　）にぶつかって怪我をするバッターも時々いる。

2 夏の夜の冷たい（　　　）は格別な味だ。

3 取れそうな（　　　）でも太陽安打になることがある。

4 大きな（　　　）が出来ると、その辺の交通もはげしくなる。

5 アメリカのモーテルは、たいていシャワーだけでなく（　　　）もついている。

6 松本さんは傷んだカキの（　　　）を食べて病気になってしまった。

7 ケーキを作るには、（　　　）に小麦粉や水などを入れてかき混ぜる。

8 引っ越し荷物は（　　　）で運ぶのが常識だ。

9 乗った時でなく降りる時に料金を払う（　　　）もある。

10 オリンピックのマラソンは、（　　　）を一周してから場外に出て行くことに決まっている。

〔四〕　和製英語

外来語のように見えて外来語ではなく、実は日本人が作ってしまった言葉は意外に多く、しかもこのごろ増える一方のようである。始末が悪いことに、こういう言葉は英語のように見えるので、日本人も英語を使う時に英語の単語として使いたくなってしまうし、外国人に分かりやすいのではないかと思ってしまう傾向があるが、こういう和製英語は、普通の英語より、かえって外国人には分かりにくいことが多いのである。そういう言葉の例をいくつか挙げてみる。

(1)　ガソリン・スタンド

アメリカでは gas station 又は service station である。

(1)　日本では、ガソリン・ポンプが頭上にあるガソリン・スタンドがかなりある。

(2)　コンセント

外来語辞典には、「コンセント」は英語の concentric から来たらしいなどと書いてあるが、英語（米語）では electric outlet である。

(1)　最近どの家でも電気器具が増えているので、どの部屋にもコンセントがたくさん付いている。

(3) キャッチ・ボール

「キャッチ・ボール」は英語の play catch に当たる。

(1) 日本は狭(せま)い国なので、キャッチ・ボールをする場所はあっても、打撃(だげき)練習をするような広場や空(あ)き地(ち)はほとんどなくなってしまった。

(4) モーニング・コール

ホテルで朝フロントが電話で起こしてくれることを、日本語で「モーニング・コール」というが、英語では wake-up call という。

(1) 客室にめざまし時計が備えてある所が増えて来たので、モーニング・コールもだんだん不要になって来た。

練習問題〔四の(1)(2)(3)(4)〕

次の言葉のなかから適当なものを入れなさい。

「ガソリン・スタンド」「コンセント」「キャッチ・ボール」「モーニング・コール」

1 子供が（　　　　）に指を突(つ)っ込(こ)もうとして困ってしまいます。

2 アメリカにはセルフ・サービスの（　　　　）がずいぶん多いですが、日本にもありますか。

3　歩道で（　　　　　　）をするのは危ないと思う。
4　「もしもし、フロントでございますが。」
「すみませんが、あしたの朝六時半に（　　　　　）お願いします。」

「はい、かしこまりました。」
5　（　　　　　）に何か差し込む時は、濡れた手でやってはいけない。

(5)　オートバイ

日本語の「オートバイ」は英語ではmotorcycleである。

(1)　オートバイをやかましく走らせて、一般住民を悩ませる暴走族は、さっぱり跡を絶たないようである。

(6)　ラブ・ホテル

昔の「温泉マーク」や「逆さクラゲ」は、転身してモダンになり、今や「ラブ・ホテル」と呼ばれているが、英語にはこれに当たる特別の表現がない。

(1)　「ラブ・ホテル」は簡単に言えば「連れ込み宿」のことだが、狭い家に住んでいる夫婦のなかにも、結構利用する人がいるそうだ。

(7)　ルーム・クーラー

冷房装置は、日本では「冷房」「エア・コン」などのほか、住宅用なら「ルーム・クーラー」又は略して「クーラー」と言うことが多いが、英語では専ら air-conditioner である。

(1) 日本のルーム・クーラーはアメリカのよりずっと静かだ。

(8) フリー・サイズ

靴下などで、サイズが一つしかない製品を「フリー・サイズ」というが、英語では one size fits all である。

(1) フリー・サイズの靴下は、やっぱり何だかぴったりしないような気がする。

練習問題〔四の(5)(6)(7)(8)〕

次の言葉のなかから適当なものを入れなさい。

「オートバイ」「ラブ・ホテル」「ルーム・クーラー」「フリー・サイズ」

1 暑い日には扇風機より（　　）の方がいい。

2 「きのう課長がどこかの女の子と（　　）に入って行くのを見ちゃったんだ。」
「それは驚いたな。」

3 一度高速道路を（　　）でぶっとばすと、止められなくなるもののようだ。

4 いつも（　　）のソックスばかり買っていると、自分の本当のサイズを忘れてしまう。

5 （　　　）に乗る時は、ヘルメットをかぶるべきだ。

(9) ワイシャツ

日本語の「ワイシャツ」は英語の white と shirt を合わせて作った言葉である。昔ワイシャツと言えば白と決まっていたころは、white shirt すなわち「ワイシャツ」だったので、別にどうということはなかったが、今では色物も普通になって来たので、よく考えると確かにおかしい。しかし普通の日本人の頭には、「ワイは white のこと」という意識が全くないので、差し支えないわけである。

(1) 日本のサラリーマンの着るワイシャツは、色物といってもブルーが主であろう。

(10) ソフト・クリーム

日本のソフト・クリームは、アメリカの soft-serve や frozen custard に当たる。

(1) 日本のソフト・クリームは、アメリカのと比べると、高いだけでなく、ずっと小さい。

(11) ビジネス・ホテル

金持ちなどの泊まる豪華なホテルではなく、ビジネスマン向きの、実用一点張りのホテルは日本語で「ビジネス・ホテル」と呼ばれるが、英語では economy hotel などと表現出来ても、特に決まった単語はない。

(1) ビジネス・ホテルは便利だけれども、外国人には部屋（へや）が狭（せま）く感じられる。

⑿ フロア・スタンド

机に置く電灯を「スタンド」と命名した日本人は、それを敷衍（ふえん）して、床（ゆか）に置く電灯を「フロア・スタンド」と呼び始めたが、英語では floor lamp と言わなければ通じない。

(1) アメリカでは、居間の明かりはほとんどフロア・スタンドだが、日本ではまだ天井（てんじょう）からの明かりが多いと思う。

練習問題〔四の⑼⑽⑾⑿〕

次の言葉のなかから適当なものを入れなさい。

「ワイシャツ」「ソフト・クリーム」「ビジネス・ホテル」「フロア・スタンド」

1 マクドナルドで（　　　）でも買って食べましょうか。
2 （　　　）を着たら、やっぱりネクタイを締（し）めた方がいい。
3 （　　　）にもちゃんとレストランがあるから、食事には困りませんよ。
4 居間で本を読むなら、（　　　）をつけるとよい。
5 「僕（ぼく）はケーキにするけど、君は？」
「そうだなあ。僕（ぼく）は（　　　）にするよ。」

⒀ **ガッツ・ポーズ**

昔の選手はガッツ・ポーズなどというあんな派手なジェスチャーはしなかった。スポーツ選手のガッツ・ポーズはプロ野球の外人選手あたりから入って来たものであろうが、英語には特別の名詞がない。

(1) このごろガッツ・ポーズをしないのは相撲取りぐらいのものだ。

⒁ **ホチキス**

日本では発明者 Hotchkiss の名前を取って「ホチキス」と呼んでいるが、英語では stapler である。

(1) 作文はホチキスで留めて出すべきだ。

⒂ **プッシュ・ホン**

ダイアルをまわす代わりにボタンを押す電話は、日本では「プッシュ・ホン」だが、アメリカでは Touch-Tone という。

(1) 最近プッシュ・ホンがぐっと増えて、公衆電話でもダイアル式がかなり減って来たのではないか。

⒃ **ライブ・ハウス**

生のロック・バンドなどを聞かせる喫茶店のような、スナックのような所を「ライブ・ハウス」というが、あれは英語では night club の一種とでもいう以外にあるまい。

(1) 別に踊るでもなく、ただ飲み物を飲みながら生のバンド演奏を聞くようなライブ・ハウスがずいぶん増えて来た。

練習問題〔四〕の⒀⒁⒂⒃

次の言葉のなかから適当なものを入れなさい。

「ガッツ・ポーズ」「ホチキス」「プッシュ・ホン」「ライブ・ハウス」

1 コピーしたら、あとは（　　　）で留めておいて下さい。

2 テレビでスポーツを見ていると、女性の選手でも（　　　）をするのでびっくりしてしまう。

3 （　　　）は早くて便利だが、つい間違った番号を押しやすい。

4 （　　　）は事務用品としてなくてはならない道具である。

5 （　　　）へ行くなら、大変な騒音を覚悟すべきであろう。

⒄ シルバー・シート

老人用の席を「シルバー・シート」というが、アメリカ英語にこれに相当する特別の単語はない。

(1)　若者がシルバー・シートにふんぞりかえっていて、老人が立っていても席を譲ろうとしないのは実に不愉快だ。

(18)　トレパン

「トレーニング・パンツ」又はそれの略語「トレパン」は、英語にもこれと似た training pants という言葉があるだけに、外来語のように思えるが、「トレパン」は英語の意味と全く違うので、和製英語と考えるべきであろう。日本語の「トレパン」はスポーツ用の長いズボンのようなものだが、英語の方は、幼児にはかせる厚手の下着パンツである。

(1)　家のなかで、スポーツと関係なしにトレパンをはいている人もいる。

(19)　シャッター・チャンス

カメラのシャッターを切る機会のことを「シャッター・チャンス」というが、これも英語には別に決まった言葉がない。

(1)　シャッター・チャンスを狙っていても、ついにその時が来なかった、などというのは、よくあることだ。

(20)　ナイター

日本では「ナイト・ゲーム」より「ナイター」の方が普通だが、英語では night game としか言えない。

(1)　夏の野球はナイターに限る。

練習問題〔四の(17)(18)(19)(20)〕

次の言葉のなかから適当なものを入れなさい。

「シルバー・シート」「トレパン」「シャッター・チャンス」「ナイター」

1　専門の写真家はさすがに（　　　　）をつかむのが上手だ。

2　体育の授業には（　　　　）をはかなければならない。

3　（　　　　）へ行くのは楽しいけれども、試合が長引くと家へ帰るのが遅くなって困る。

4　ジョギングするなら（　　　　）をはいたらいいでしょう。

5　ラッシュ・アワーは込んでいるので、老人でも（　　　　）にすわれない。

第三章　接頭辞・接尾辞

A　接頭辞

〔一〕 敬意・丁寧さを表すもの

(1) お

a　上位の相手に敬意の気持を表すために用いる。名詞・イ形容詞・ナ形容詞・動詞の連用形と共に使われる。

(1) お荷物、お持ちしましょう。

(2) お手紙、ありがとうございました。

(3) 日本語がお上手ですね。

(4) 今、お忙しいでしょうか。

(5) お出かけですか。

b　丁寧語・美化語として用いる。

(1) いいお天気ですねえ。

(2) このごろは何でもお高いですねえ。

c 名詞の場合、「お」は一般的に和語に用いられる。

例 おはし、お酒、お米、お住まい、お遊び、お仕事

d 「お」が漢語に用いられる例もないわけではない。

例 お肉、お茶、お盆、お客、お菓子、お勉強、お電話、お料理、お時間、お約束、お掃除、お元気、お支度

e 一般的に日常的な身近な言葉には「お」がつくことが多い。「ご飯」、「ご本」などは例外である。

f 一般的に外来語には「お」をつけないのが普通である。例外として「おたばこ」「おトイレ」「おビール」「おソース」などがある。

(2) ご（御）

a 主として漢語に用いられ、一般的に抽象的な概念の言葉が多い。

例 ご専門、ご結婚、ご紹介、ご参加、ご心配、ご都合、ご親切、ご丁寧、ご研究、ご主人

b 漢語ではない例は少ないが、「ごゆっくり」などがある。

練習問題〔一〕

（　）のなかに「お」か「ご」を入れなさい。

1 （　）専門の（　）研究に（　）時間が（　）かかりでしょう。
2 （　）料理が（　）上手（じょうず）ですね。
3 （　）ていねいな（　）電話、ありがとうございました。
4 （　）飯の（　）したくができました。
5 先生の（　）都合（つごう）はいかがでしょうか。
6 （　）主人様からは（　）仕事の関係でよく（　）手紙をいただきます。
7 （　）勉強で（　）忙（いそが）しいことでしょう。

〔二〕否定を表すもの

(1) 無（む）

「何かがない」という意味を表す。

例　無料、無税、無能、無責任、無人、無知

注　「ぶ」と発音することもある。　例　無礼者（ぶれいもの）

(1) 無能なボスを持つことほどいやなことはない。

(2) 人にお金を借りておきながら返さないのは無責任だ。

(2) 不（ふ）

「ある状態にないこと、ある動作をしないこと」を表す。

例 不勉強、不完全、不自由、不満足、不適当、不便、不景気、不可能

(1) アメリカの大きい車は、日本の狭（せま）い道には不適当だ。

(2) 外国へ行ってその国の言葉が話せないと、不自由だろう。

(3) 非（ひ）

「ある規範（きはん）、標準的な状態に反すること」を表す。

例 非道、非現実的、非人間的、非凡（ひぼん）、非常識

(1) 非凡（ひぼん）な人はどこか性格が変わっている。

(2) 日本のサラリーマンが朝から晩まで働くのは非人間的な生活とも言える。

(4) 未（み）

「何らかの行為（こうい）がまだなされていないこと」を表す。

例 未完成、未成年、未決定、未納、未解決

(1) 未成年者は法律では酒を飲むことを禁じられている。

(2) 来年度の予算が未定なので、予定が立たない。

練習問題〔二〕

「無」「不」「非」「未」のなかから一つえらんで入れなさい。

1　アメリカの大学では、時々（　）料で日本の映画が見られる。
2　この仕事はまだ（　）完成です。
3　アメリカでは車がないと、（　）便だ。
4　世界から戦争をなくそうとするのは（　）現実的な考え方かもしれない。
5　私は（　）勉強で何も知りません。
6　世の中には（　）解決の事件がたくさんあるそうだ。
7　お礼も言わないとは、（　）常識な人です。
8　（　）責任な人に仕事を頼（たの）むことはできない。
9　（　）景気の時はものが売れない。
10　一年で日本語をマスターするのは（　）可能なことでしょう。

〔三〕その他

(1) 真（ま）

「本当の」、「正しい」、「純粋（じゅんすい）な」という強調的な意味をそえる。

(1) 真赤（まっか）なバラの花がたくさん咲（さ）くと、きれいだ。

(2) 真昼(まひる)からお酒を飲むのはよくない。

(2) 丸（まる）

「完全な」「完全に」という意味をそえる。

(1) 日本語が一応話せるようになるには、丸三年はかかるでしょう。

(2) カーテンがないと、家の中が丸見えです。

練習問題〔三〕

一 傍線(ぼうせん)の部分を「真」を使って書きかえなさい。

1 暗い道を女が一人(ひとり)で歩くのは危険だ。→（　　）

2 夜中に赤(あか)ん坊(ぼう)の泣き声で何度も起こされた。→（　　）

3 彼(かれ)は病気なのか青い顔をしている。→（　　）

二 傍線(ぼうせん)の部分を「丸」を使って書きかえなさい。

1 相撲(すもう)取りはおしりをすっかり出しているので、初めて見る外国人にはショックかもしれない。
→（　　）

2 博士(はかせ)論文は少なくとも完全に二年かかるのが普通(ふつう)だ。→（　　）

3 火事で家がすっかり焼けてしまった。→（　　）

B　接尾辞

〔一〕人間について複数を表すもの（原則として人間を表す名詞につく）

(1)　たち

(1)　六本木は若者たちの集まる所だ。

(2)　私たちの気持もわかってほしい。

(2)　がた

敬意を含み、丁寧な言い方。

(1)　先生がたのご恩は一生忘れません。

(2)　皆様がたの御意見を伺いたいと思います。

(3)　ら

普通は下位者に対して使われる。左の(1)のように「たち」とあまり変わらない用法もあるが、(2)のように極端に見下した感じになることもある。(3)のように「彼ら」「我ら」などの場合は、「たち」に変えられない。又「ら」は、(4)のように「これら」「それら」「あれら」の形で物を指すのに使われるが、書き言葉以外には使えない。

(1)　僕らの村は僕らで建てなおそう。

(2) 貴様ら、おれを何だと思ってやがるんだ。

(3) アメリカの若者たちは独立心が強い。彼らの中には親から一文ももらわず、大学を卒業する者も多い。

(4) これらの状況を考えると、この計画を実行するのは難しい。

(4) ども

下位の者として見下す気持を表す。「私」につくと、謙遜の気持を表す。

(1) 桃太郎は鬼どもを退治した。

(2) 無学な私どもには分かりません。

注 丁寧度は、「がた」「たち」「ら」「ども」の順に低くなる。

練習問題〔一〕

次の文の（　）の部分をいちばん自然な複数形にしなさい。

1 推薦状は何人かの（先生）にお願いした。

2 ここは（私）の学校です。

3 若い（彼）には将来がある。

4 この品は（私）の店では扱っておりません。

5 （子供）が学校から帰って来ると、にぎやかです。

〔二〕 難易を表すもの（すべて動詞の連用形につく）

(1) にくい

「ある対象が容易に~できない性質を持っている」ことを示す。

(1) ステーキはお箸では食べにくい。

(2) 漢字はアメリカの学生にはなかなか覚えにくい。

(3) 油は水に溶けにくい。

(2) やすい

「ある対象が容易に~できる性質を持っている」の意味を表す。

(1) やわらかい靴は、はきやすい。

(2) 学生は話しやすい先生を好む。

(3) 大きい活字は読みやすい。

(3) づらい［辛い］

「肉体的、精神的理由から困難だと主体が感じる状態」を表す。無意志性の動詞には続かない。

(1) 雑音が入ると聞きづらい。

(2) のどが痛くて話しづらい。

(4)　**がたい**〔難い〕

「ほとんど不可能」の意味を表す。

(1)　りんごとオレンジとでは、どちらがおいしいとも決めがたい。

(2)　若い人の考えは年寄りには理解しがたいものらしい。

(5)　**かねる**〔兼ねる〕

話者に心理的・精神的抵抗があるため「そうしようと思ってもそうすることができない」という気持ちを表す。丁寧に、やわらかく断わるようなときによく使う。

(1)　重大な事は一人では決めかねます。

(2)　私の専門外の事なので、私には分かりかねます。

(6)　**いい**

行為・動作の主体が「容易に～できて結構である」と感じた場合に使い、主観的判断を表す。

(1)　はきいい靴は見つけにくい。

(2)　コンピューターが使いいいかどうかはソフトで決まる。

練習問題〔二〕

一　適当な動詞に「やすい」又は「にくい」を加えて、文を完成しなさい。

1 あまり熱いお風呂(ふろ)は（　　　　）。
2 大きい字は（　　　　）。
3 平仮名(ひらがな)だけで書いた文は、かえって（　　　　）。
4 やさしい漢字は（　　　　）。
5 東京は物価が高くて（　　　　）。
6 この本は、説明がやさしいので（　　　　）。
7 その字引は字が小さくて（　　　　）そうですね。
8 ステーキは、おはしでは（　　　　）でしょう。
9 「で」と「に」は、（　　　　）助詞ですから、気をつけてください。
10 乗り物の不便な所は（　　　　）。

二　適当な方をえらびなさい。

1 あの先生の講義は、むずかしくて、分かり（にくい・かねる）。
2 こんな高いものは、いただき（がたいです・かねます）。
3 のどがはれているので、話し（づらいです・かねます）。
4 この新聞は活字が小さいので、読み（にくいです・がたいです）。
5 今年(ことし)の冬は耐(た)え（にくい・がたい）寒さであった。

〔三〕 値段を表すもの

(1) 代（だい）

物の値段を表す。

(1) 部屋（へや）代は一カ月いくらですか。

(2) 大きい車はガソリン代がかかりすぎる。

その他、本代、電話代、お茶代、バス代、など。

(2) 費（ひ）

英語の expense に近い。

(1) 教育費が高いので、アルバイトをする主婦も多い。

(2) 大都市に住むと生活費がかかります。

その他、交通費、学費、光熱費、交際費、会費、など。

(3) 賃（ちん）

報酬（ほうしゅう）として払（はら）うお金。使用料。

(1) 家賃（やちん）はたいてい月始めに払（はら）うものだ。

(2) 人に何かしてもらうと、手間賃をとられる。

その他、電車賃、運賃、など。

(4) **料**（りょう）

人が何かすることの値段で、ある一定額が決められているもの。

(1) サービス料は値段の中に入っています。

(2) 遊園地では、入口で入場料を払っても、また乗り物の料金を払わなければならない。

その他、使用料、授業料、など。

注 「代」「賃」「費」「料」の用法は、多分に慣用によるところが多いので、以上の用例をよく覚える必要がある。

練習問題〔三〕

「代」「賃」「費」「料」のなかから適当なものをえらんで（　）のなかに入れなさい。

1 光熱（　）と電話（　）は、部屋（　）のほかに払わなければならない。

2 アメリカには、自分で授業（　）をかせぐ大学生が結構いる。

3 学生は普通安い入場（　）で入れる。

4 学（　）は両親が払うが、生活（　）は自分で稼いでいる。

5 家（　）は一カ月五万円です。

6 少ないですが、お茶（　）にでもしてください。

〔四〕人の職業・性質を表すもの

(1) 家（か）

a　何かを職業にする人。

(1) 三島由紀夫、川端康成は日本の代表的な小説家だ。

(2) 日本では、何についてでも評論家がいる。

その他、政治家、音楽家、建築家、芸術家、などがある。

b　ある性質を持った人。

(3) あの人は大変な努力家だ。

(4) 東大に入る学生が皆勉強家だとは限らないだろう。

(2) 屋（や）

a　職業として何かを売ったり扱ったりしている店又は人。

(1) 神田には古本屋がたくさんある。

(2) 昔は魚屋が魚を売って歩いたものだ。

その他、電気屋、八百屋、薬屋、郵便屋、など。

b　ある性質を持っている人。少し軽蔑の感じがある。

(1)　日本の女性には、はずかしがりやが多い。

(3)　者（しゃ）

人の動作や仕事を表す言葉につける。

(1)　医者は患者（かんじゃ）のことをまず第一に考えるべきだ。

(2)　日本語の学習者は増える一方だ。

その他、学者、著者、編集者、経営者、などがある。

(4)　士（し）

特別な技術や知識を必要とする仕事につける。

(1)　アメリカには、日本の数倍の数の弁護士がいる。

(2)　代議士になるためには、演説（えんぜつ）が上手（じょうず）でなければならないだろう。

その他、機関士、衛生士、会計士、栄養士、調理士、など。

(5)　その他

手（しゅ）……運転手、交換（こうかん）手、選手、助手、歌手

人（にん）……保証人、病人、怪我（けが）人

員（いん）……会社員、会員、委員、公務員

練習問題〔四〕

「家」「屋」「者」「士」「手」「人」「員」のなかから適当なものを選んで（　）のなかに入れなさい。

1　日本へ行く外国人には保証（　）が必要だ。
2　この本の著（　）はだれですか。
3　クラブの施設を使うには、会（　）でなければならない。
4　アメリカでは政治（　）になる人には弁護（　）が多いようだ。

〔五〕名詞をつくるもの

(1)　さ

イ形容詞・ナ形容詞の語幹について名詞をつくる。状態を程度概念から捉える。

(1)　アメリカの国土の広さに感心する日本人は多い。
(2)　公衆便所の不潔さは何とかならないものだろうか。
(3)　北国の冬の厳しさは、北国に住んだ者でなければわからないだろう。

その他、長さ、難しさ、親切さ、楽しさ、など。

「大きさ」「広さ」「長さ」「高さ」「重さ」「深さ」などは尺度の基準としても用いられる。

(4) 富士山(ふじさん)の高さは三七〇〇メートル以上だ。
(5) 飛(と)び込(こ)みプールの深さは、五メートルぐらいだろう。

(2) み

イ形容詞の語幹につくが、「み」のつく形容詞は限られている。

例 赤み、厚み、甘(あま)み、ありがたみ、重み、おもしろみ、悲しみ、苦しみ、楽しみ、深み、丸み、弱み、など。

(1) 青いうちにもぎとった果物(くだもの)は甘(あま)みがない。
(2) 熟した柿(かき)の色は赤みがかった茶色です。
(3) 楽しみといえば、年に二、三回海へ行くことだった。

注 「さ」にくらべ、「み」はある状態を対象の持つ特徴(とくちょう)として捉(とら)えている。

(1) 日本には重み（＊重さ）のある政治家はあまりいない。
(2) 先週末のパーティーの楽しさ（＊楽しみ）は、何とも言えないほどだった。

注 右の(1)では程度概念(がいねん)が問題になっているのではないので、「重さ」は使えない。(2)では、「どのくらい楽しかったか」ということが問題なので、「楽しさ」が正しく、「楽しみ」は使えない。

練習問題〔五〕の(1)(2)

（　）のなかの言葉を「さ」「み」を使って名詞に変えなさい。どちらでもいい場合は両方入れなさい。

1　奈良の大仏の（高い）は鎌倉の大仏の二倍ある。↓（　　）
2　日本語の（おもしろい）は、勉強してみて、はじめてわかる。↓（　　）
3　日本の夏の（あつい）は本当に身にしみる。↓（　　）
4　親の（ありがたい）は親になって、はじめてわかる。↓（　　）
5　この桃は（あまい）が少し足りない。↓（　　）
6　私の唯一の（たのしい）は、食べることだ。↓（　　）

(3)　性

a　漢語につき、ナ形容詞などを名詞に変える。
(1)　江戸幕府は科学の重要性を認識していた。
(2)　このごろ旅客機の安全性がよく問題になる。
(3)　日本の歴史を考える時、日本の地理の特殊性を考える必要がある。

b　名詞につき、ある性質を示す。
(1)　上下の区別は人間性を無視した考え方だ。

(2) ロボットの使用は生産性を高める。

(3) 最近、豆腐など植物性蛋白質を含んだ食べものが見なおされている。

練習問題〔五の(3)〕

次の言葉のなかから適当なことばをえらんで、（　　）のなかに入れなさい。正解は一つ以上ある場合もある。

必要性、重要性、危険性、創造性、可能性、国民性、安定性、国際性

1 自分の意見を述べないのは、日本人の（　　　）だろう。
2 入学試験がなくなる（　　　）は、まずない。
3 語学学習におけるランゲージ・ラボの（　　　）は否定できない。
4 アメリカでは教育改善の（　　　）が唱えられている。
5 アメリカの学校では、学生の（　　　）を大切にする。
6 高速道路を時速一五〇キロで走るのは（　　　）を無視した行為だ。

(4) **め**

程度を表すイ形容詞や限られた動詞につく。「少し、ある傾向をおびている」という意味。

(1) 東京では、よく道が込んでいるので、車ならすこし早めに出かけたほうがいい。

(2) 水を少なめにすると、かための御飯がたける。

その他、多め、薄め、大きめ、小さめ、長め、など。

(5)　がち

限られた動詞・名詞につき、「よく〜する／ある」「〜になることが多い」という意味になる。

(1)　くもりがちの天気で困ります。

(2)　病気がちの人は毎日体操をすると、少し丈夫になるかもしれない。

その他、ありがち、おくれがち、休みがち、遠慮がち、など。

(6)　ぎみ

限られた名詞・動詞につき、「少しそのような気分・様子・状態である」ということを示す。

(1)　試験の前は皆疲れぎみです。

(2)　ここのところかぜぎみで、頭がいたい。

その他、ふとりぎみ、やせぎみ、あがりぎみ、など。

練習問題〔五の(4)(5)(6)〕

傍線の部分を「ぎみ」「め」「がち」の一つを使って書きかえなさい。

1　このごろ少しかぜをひいています。→（　　）

2　少したくさん作りました。→（　　）

3　私の時計はおくれることがよくある。↓（　）
4　私はこのごろ少し普通より太っています。↓（　）
5　少し早く御飯を食べましょう。↓（　）
6　話せても読めないというのは日本語の場合よくあることだ。↓（　）
7　少し長いスカートがはやっています。↓（　）
8　このごろ忙しいので、少し疲れています。↓（　）
9　あの学生はこのごろ休むことが多い。↓（　）
10　日本人はよく遠慮するので、アメリカでは損をする。↓（　）

(7)　だらけ

「～がたくさんある」「～でいっぱい」という意味を表す。又、その状態は、あまり良くないという否定的判断を伴う。

(1)　間違いだらけの作文は直すのに時間がかかる。
(2)　道は穴だらけで、歩きにくい。
(3)　この家は誰も住んでいないので、ほこりだらけだ。

練習問題〔五の(7)〕

（　）のなかに適当な名詞を入れなさい。

1　あの人にもこの人にもお金を借りているので（　　　）だらけです。

2　あきかんや紙くずが捨てっぱなしで、（　　）だらけです。
3　フットボールの試合のあと、選手たちのジャージーはみな（　　）だらけだ。

(8)　まみれ

体にほこり、泥、汗、血などがいっぱいつくこと。

(1)　泥まみれになって遊ぶことは、子供にとって大切なことだ。
(2)　日本の夏はむし暑く、外を歩くだけで汗まみれになる。

練習問題〔五の(8)〕

正しい方をえらびなさい。両方いい場合にはそのむね示しなさい。

1　ほこり（まみれ・だらけ）になって掃除をした。
2　一週間掃除をしないと、ほこり（まみれ・だらけ）になる。

(9)　ぶり

a　「～するようす」という意味。「っぷり」という形を取ることもある。

(1)　落ちついた話しぶりで、安心して聞いていられる。
(2)　あの人は飲みっぷりがいいですね。一息にビールを飲んでしまいました。

b　時間の長さを表す言葉のあとに続き、「長い期間のあとで同じことが又起こる」という意味を表す。

(1) 十年ぶりに会うと、だれか分からないこともある。

(2) うなぎは、毎日食べているとあきるが、ひさしぶりに食べるとおいしいものだ。

練習問題〔五の(9)〕

次の言葉のなかからえらんで（　　）のなかに入れなさい。

「口ぶり」「身ぶり」「ひさしぶり」「手ぶり」「何年ぶり」

1 言葉が通じない時は、（　　）（　　）で分かることもある。

2 知っているような（　　）でしたよ。

3 「お会いするのは（　　）でしょうか。」「ほんとうに。（　　）ですね。」

(10) たて

動詞につづき、「～たばかり」という意味を表す。

(1) やきたてのパンはおいしい。

(2) ペンキを塗(ぬ)りたての家は、きれいで気持ちがいい。

練習問題〔五の⑽〕

（　）のなかに動詞を入れなさい。

1 （　）たてのくだものは新鮮だ。

2 （　）たてのおもちは、やわらかくて、おいしい。

⑾ っぱなし

動詞について、「ある行為ののち、次に行うべきことをしないままである」又は「ある状態が変わらないで続く」の意味を表す。

(1) 戸をあけっぱなしにして出かけるのは不用心だ。

(2) 靴をぬぎっぱなしにするのは行儀が悪い。

練習問題〔五の⑾〕

（　）のなかに適当な動詞を入れなさい。

1 ストーブを（　）っぱなしで外出するのは危険だ。

2 仕事を（　）っぱなしにするのはよくない。

3 電車が込んでいて、ずっと（　）っぱなしでした。

4 人から物を（　）っぱなしにするのはよくない。

5 ものを（　）っぱなしにしないでください。部屋がかたづきませんから。

〔六〕 間隔を表すもの

(1) ごと

a　一つ一つに、ある事態が起こる。

(1) アメリカでは、町ごとに独立祭の催し物がある。

(2) アメリカの大学は学校ごとにマスコットがある。

b　連続したものを一定の単位で切り、そのつどある事態が起こること。

(1) 薬は四時間ごとに飲んでください。

(2) バスは三十分ごとに出る。

注　「ごと」にはそのほかに、「〜もいっしょに」という意味もある。

(1) りんごは皮ごと食べるほうが栄養があるらしい。

(2) 小さい魚は骨ごと食べられる。

(2) おき(に)

数を表す言葉に続き、同じ動作・状態が定期的に起こることを表す。

イ　距離や時間など連続しているものに使われ、ある一定の間隔で動作・状態が起こる。（この場合は「ごと」と同じ意味。）

(1) 五メートルおきに木が植えてある。(＝every five meters)
(2) 十分おきに電話が鳴る。(＝every ten minutes)

ロ　一定の断続を表す。

(1) 一日おきにクラスがある。(＝隔日)
(2) 先生は一人おきに質問をしていった。(＝every other person)

練習問題〔六〕

「おき」か「ごと」を入れなさい。どちらでもいい場合は、両方入れなさい。

1　うるう年は三年（　　　　）に来る。
2　日（　　　　）にあたたかくなる。
3　ニュースはたいてい一時間（　　　　）です。
4　カクテル・パーティーでは、会う人（　　　　）に自己紹介をしなければならない。
5　テストは毎週ではありません。一週間（　　　　）です。
6　うるう年は四年（　　　　）です。

〔七〕　期間を表すもの

(1)　ちゅう（中）

a　ちゅうに

ある動作がある一定期間の間に起こることを示す。従って、次に続く動詞は非状態動詞である。

(1)　今週中にレポートを書かなければならない。

(2)　頭を使う仕事は午前中にした方がいい。

注　「きょう」「あした」「ことし」などにつづく場合は「じゅうに」と発音される。

b　ちゅうは

ある状態がある期間の間続くことを示す。

(1)　午前中は静かなところも、午後になるとにぎやかになる。

(2)　授業中は私語をするべきではない。

(2)　じゅう

ある長さの時間を表す言葉（例えば、一日、一年、夏休み、など）につき、その間ずっとある動作・状態が続くことを示す。

(1)　一日じゅう勉強ばかりするのはよくない。

(2)　近ごろは、温室栽培(さいばい)で一年じゅうトマトやみかんなどが食べられる。

練習問題〔七〕

どちらか良いほうをえらびなさい。

1　きょう（ちゅう・じゅう）（に・は）電話をしてください。

2　あしたは、午前（ちゅう・じゅう）（に・は）都合が悪いですが、午後ならいつでも結構です。

3　かぜをひいて、一日（ちゅう・じゅう）ぶらぶらしていました。

4　今週（ちゅう・じゅう）（は・に）忙しいので来週にしていただけませんか。

〔八〕動詞をつくるもの

(1)　がる

感情・感覚を表すイ形容詞・ナ形容詞・および「ほしい」「たい」の語幹につく。主語が第三人称の人物の場合に用いられ、その人がある感情を感じ、そういうそぶりをしている、又は、それを口に出して言っている状態を表す。

(1)　子供はおもちゃを見ると、すぐほしがる。

(2)　いやがる人に無理にやらせる必要はない。

(3)　あの子供はかわいがっていた犬が死んで、大変悲しがっている。

「がる」は普通、一人称、二人称については使われない。

(4)　＊私はおすしを食べたがっている。

主語が三人称の場合でも、「～から」「～ので」「～と言っている」「～と思っている」などを含む文では、その節と主節の主語が同じ場合には、「～がる」は使われないのが普通である。

(5)　子供はおもちゃがほしいと言っている。

(6)　あの子供はファミコンがほしいから、お金をためている。

また、「らしい」「よう」「んだろう」などで終わる文では、「がる」を使うと、感情・感覚の主と話者の間に第三者がいる感じ。

(7)　あの人は寂しいらしい。

(8)　あの人は寂しがっているらしい。

例文(7)では、話者が「あの人は寂しい」と直接判断している感じだが、例文(8)では、話者が誰か外の人から聞いたことをもとにして判断している感じである。

練習問題〔八〕

次の文のなかで傍線部に「がる」を使った方がいい文には○印をつけて、書きなおしなさい。

1（　）子供はデパートへ行くと、すぐおもちゃ売り場へ行きたい。→（　　）

2（　）私はおいしいものを食べたい。→（　　）

3（　）太郎は寂しい。→（　　）

4 （　）私の友達(ともだち)は車がほしいから、アルバイトをしている。↓（　　）
5 （　）子供が車をほしいから、買ってやった。↓（　　）
6 （　）「おくさんも日本語がおできになるんですか。」「いいえ。勉強したいとは言っているんですけどね。」↓（　　）
7 （　）ソ連はアメリカと貿易をしたいらしい。↓（　　）
8 （　）人の失敗を面白いのはよくない。↓（　　）
9 （　）「あのおばあさんは、話が好きですね。」「ええ。一人(ひとり)で住んでいるから、寂(さび)しいんでしょう。」↓（　　）
10 （　）たばこをやめたいと思っている人が増えている。↓（　　）

(2) **ぶる**

限られた名詞、イ形容詞、ナ形容詞の語幹につく。「本当はそうでないのに、いかにもそれらしく見せる」という意味。

(1) あの人は学者ぶっているが、本当は何も知らない。
(2) 上品ぶって、「ざあます」などと言うと、かえって変に聞こえる。

その他、えらぶる、聖人ぶる、紳士(しんし)ぶる、など。

〔九〕その他

(1) っぽい

限られた名詞、イ形容詞、ナ形容詞の語幹、動詞の連用形につく。否定的評価を伴うことが多い。

a 「〜(の)ようだ」「〜(に)見える」などの意味。

(1) あの人は考え方が子供っぽい。

(2) 水っぽいスープはおいしくない。

b 「すぐ〜する」という意味。

(1) 年を取ると、忘れっぽくなる。

(2) おこりっぽい父親を持った子供は大変だ。

練習問題〔九〕の(1)

(　)のなかに適当な言葉を入れなさい。

1 夏になると、(　　　)っぽい空気が南太平洋から日本の上空へ流れこんでくる。

2 このごろ(　　　)っぽくなったので、何でもメモをしておくことにしているんですよ。

3 高いものでもデザインや色が悪いと、(　　　)っぽくみえる。

4 あの人は相当な年なのに、まだ(　　　)っぽいことばかり言う。

5 (　　　)っぽい人と話す時は気をつけて物を言った方がいい。

(2) 的（てき）

名詞をナ形容詞（「～的な」）、又は副詞（「～的に」）に変える。主として漢語につく。

(1) 科学者には科学的な思考法が必要である。
(2) エイズは社会的な問題である。
(3) 広島は国際的に有名な都市だ。

「～のようである」「らしい」「～の状態にある」という意味になることもある。

(4) 日本人よりも日本的なアメリカ人も時々いる。
(5) 三船敏郎は非常に男性的な俳優として知られている。

練習問題〔九〕の(2)

次のリストのなかからえらんで（　　）のなかに入れなさい。正解は一つ以上ある場合もある。

「経済的」「政治的」「人工的」「日本的」「世界的」
「女性的」「家庭的」「私的」「積極的」「保守的」

1 小さい車が（　　　　）だとは限らない。
2 男性の言葉が（　　　　）になってきていると言う人もいる。
3 男性は、たいてい（　　　　）な、あたたかい女性を好む。
4 科学が進歩し、このごろは、ほとんど何でも（　　　　）にできる。

5　（　　）に勉強する学生は、どんどん上達する。

6　日本語を学ぶ学生の数は増えているが、それは（　　）な現象のようだ。

7　（　　）な問題を仕事の場に持ちこんではいけない。

8　八十年代の若者は、六十年代の若者ほど（　　）な関心がないと言われている。

9　浮世絵に描かれている女性は（　　）な美人の代表だと言える。

10　一般的にいうと、田舎のほうが都会の人より考えが（　　）だ。

(3)　**上**（じょう）

主に漢語につき、「～に関係がある」という意味になる。

a　「上」の形で使い、あとに問題・理由・話などの名詞が続くことが多い。「そのわくのなかでの」というニュアンスがある。

(1)　男女差別は法律上の問題となる。

(2)　これは単なる学問上の議論で、実際にできるかどうかは別問題だ。

b　「上」の形で副詞的に使い、「～の観点から見て」という意。

(1)　日本語の時間に英語で話すのは教育上よくない。

(2)　京都には歴史上貴重な建物が多い。

練習問題〔九の(3)〕

次の言葉のなかからえらんで入れなさい。

「法律上」「経済上」「歴史上」「政治上」「教育上」

1 鎌倉(かまくら)は日本の（　　　）、忘れられない所だ。
2 最近、働く女性が増えているのは（　　　）の理由によるところが多い。
3 江戸(えど)時代、妻の方から夫と別れることは（　　　）許されていなかった。
4 テロリズムは国際（　　　）の大きな問題である。
5 親が子供の勉強に干渉(かんしょう)しすぎるのは（　　　）よくない。

(4) 化（か）

主として漢語につき、「～になる」、「～にする」という意味になる。

(1) 映画化されるベストセラーの小説は多い。
(2) 日本は百年足らずで近代化した。

練習問題〔九の(4)〕

「～化」を使って、言いかえなさい。

1 最近はテレビの普及(ふきゅう)で、地方の町も都会と同じようだ。→（　　　）

2　青少年が不良になるのは大きな問題だ。↓（　　）
3　工場が機械を使うようになったので、労働者の数が減った。↓（　　）
4　社会を民主的にすることが必要だ。↓（　　）
5　貿易を自由にすることが最大の問題だ。↓（　　）

(5)　げ

限られた動詞、イ形容詞、ナ形容詞の語幹について、「～そうな」「～そうに」の意味を示す。

(1)　ピエロは悲しげな顔をしている。
(2)　子供達は楽しげに遊んでいる。

その他、さびしげ、あやしげ、ありげ、など。

練習問題〔九〕の(5)

傍線（ぼうせん）の部分を「げな」「げに」を使って書きかえなさい。

1　何か言いたそうな様子（ようす）でした。↓（　　）
2　子供は、よく自分のことを得意そうに話す。↓（　　）
3　何かわけがありそうな口ぶりだったが、何も言わないで帰って行った。↓（　　）

〔一〇〕 助数詞

(1) つ

使用範囲(はんい)が広く、形のないものや特別の助数詞がないものに多く使われる。九までの数につく。

a　年齢(ねんれい)（ひとつ、ふたつ、など）

(1) 家(うち)の子ももう三つになりましたよ。

b　形のないことがら

(1) 一つの漢字には読み方がたいてい二つ以上ある。

(2) 癖(くせ)というものは、誰(だれ)にでも七つはあるものといわれている。

(3) 毎日りんごを一つずつ食べると、体にいいそうだ。

(4) 富士山(ふじさん)のまわりには湖が五つあります。

c　「個」で数えられるもの、又(また)は、特別の助数詞がない場合。

(2) 個（こ）

「つ」で数えられる立体的な個体で、あまり大きくないもの。以前は書き言葉だったが、このごろは話し言葉としても使われる。

(1) りんご一山(ひとやま)十二個です。

(2)　スーパーでたまごを十個買った。

(3)　**人**（り、にん）

人間を数えるのに用いる。

(1)　このごろの日本の家族は、子供はだいたいふたりどまりだ。

(2)　三人(さんにん)で考えれば何かいい考えが出てくるでしょう。

(4)　**名**（めい）

人間（会員、参加者、定員など）に用いる。書き言葉的表現。

(1)　学会の出席者は二百名でした。

(2)　このクラスの定員は五十名です。

(5)　**本**（ほん、ぼん、ぽん）

細長いもの（ペン、鉛筆(えんぴつ)、ベルト、かさ、たばこ、びん入りビール、箸(はし)、ねぎ、髪(かみ)の毛、ネクタイ、指、電車の線、映画など）。

(1)　一日にたばこを十本(じゅっぽん)以上すうのはよくない。

(2)　ビールは一本(いっぽん)も飲めません。

(6)　**枚**（まい）

うすくて、平らなもの（紙、切手、切符(きっぷ)、板、皿(さら)、レコード、ハンカチ、トースト、着物など）。

(1) 朝トースト一まいではおなかがすきます。

(2) ロック・コンサートの切符を一まい買うために徹夜をする若者もいる。

(7) **冊**（さつ）

本、雑誌、ノートのようにとじてあるもの。

(1) 日本語の学生は漢字の辞典を一冊買う必要がある。

(2) 本屋へ行くと、週刊誌が何冊も並んでいる。

(8) **部**（ぶ）

新聞、雑誌、同じ本、など。

(1) 百万部売れると、その本はベスト・セラーといっていいだろう。

(2) この新聞を一部ください。

(9) **巻**（かん）

全集の中の一冊などに使う。

(1) このシリーズは全部で十八巻ある。

(2) 上巻は読みましたが下巻はまだです。

(10) **匹**（ひき、ぴき、びき）

比較的小さい動物、魚、虫、など。

(1) 猫(ねこ)好きのなかには、なんびきも猫(ねこ)を飼(か)っている人がいる。

(2) ゴキブリが一匹(いっぴき)でもいるといやだ。

(11) **頭**（とう）

大きい動物。

(1) 日本では、牛を一頭だけ飼っている農家は珍(めずら)しくない。

(12) **羽**（わ、ぱ、ば）

鳥を数えるのに用いる。

(1) カラスが一羽(いちわ)西の方へ飛んで行った。

(13) **軒**（けん、げん）

家、店など。

(1) 肉屋は角(かど)から三軒目(さんげんめ)です。

(2) 東京で家を一軒(いっけん)持つのはほとんど不可能だ。

(14) **戸**（こ）

家を数えるのに用いるが、書き言葉的。

(1) その村は戸数(こすう)百戸(ひゃっこ)です。

(2) たつまきで二十戸(にこ)が全壊(ぜんかい)した。

⒂ **階**（かい、がい）

たてものの階数。

(1) 私の研究室は十二階にあります。

(2) このアパートは三階だてです。

⒃ **台**（だい）

車、機械、ピアノ、など。

(1) たいていの家にテレビが一台はある。

(2) 日本でも車を二台持っている家庭が増えてきた。

⒄ **杯**（はい、ぱい、ばい）

コップや茶碗に入っている飲みもの、茶碗に入っている御飯。

(1) 朝コーヒーを一杯飲まないと目がさめない人が結構いる。

(2) 大学のへんの食堂なら、ごはんは何杯でもおかわりさせてくれる。

⒅ **度**（ど）

度数。

(1) たいていの人は一日に三度ごはんを食べる。

(2) 一度目の受験で大学に入れればりっぱだ。

(19) **回**（かい）

左の例文(1)のように、度数を表す時は「回」は「度」で言いかえられる。

(1) はじめは失敗しても、二回、三回とやるうちに、だんだん上手（じょうず）になりますよ。

しかし、(2)のように、「第」とともに順序を表す時は「度」で言いかえられない。

(2) 私はあの高校の第十八回の卒業生です。

練習問題〔一〇〕

（　）のなかの数字を使って、次の文中の傍線（ぼうせん）の部分を書きかえなさい。

例　子供がいます。（五）→子供が五人

1　妹がいます。（一）→（　　）
2　えんぴつがあります。（十）→（　　）
3　切手をください。（八）→（　　）
4　めざまし時計を買いました。（一）→（　　）
5　着物を持っていない。（一〜も）→（　　）
6　うちには猫（ねこ）とカナリヤがいます。（一、三）→（　　）
7　ワインを飲まないうちに顔が赤くなった。（一〜も）→（　　）
8　ビートルズのレコードは持っています。（何〜も）→（　　）

9　日本語の辞書は持っていません。（一〜も）↓（　　）
10　この大辞典は上下（じょうげ）になっています。（二）↓（　　）
11　きのう日本映画を見ました。（二）↓（　　）
12　みかんを食べました。（六）↓（　　）
13　タクシーを呼びました。（二）↓（　　）
14　野原で馬が草を食べている。（四）↓（　　）
15　この駅には地下鉄が入っている。（三）↓（　　）

第四章　文体によって変わる語彙（ごい）

〔一〕話し言葉と書き言葉

大部分の単語は話す時に使ってもよく、書く時に使ってもいいが、単語の中には、主として書く時にしか使われないものもかなりある。話し言葉と書き言葉とを比べてみると、話し言葉が和語で書き言葉は漢語、話し言葉が漢語で書き言葉は和語、話し言葉も書き言葉も和語、話し言葉も書き言葉も漢語、などの組合わせが見られる。

一　話し言葉は和語、書き言葉は漢語

この組合わせが一番多い。例を挙げてみよう。

話し言葉	書き言葉
着く	到着（とうちゃく）する
黙（だま）る	沈黙（ちんもく）する
いろいろ	種々（しゅじゅ）
言葉	言語

決める	決定する
要る	必要とする
始める	開始する
死ぬ	死亡する
使う	使用する
勝ち	勝利
負け	敗北
手紙	書簡
変わる	変化する
分かる	理解する
本	書、書物、書籍、図書
本を読む	読書する
買う	購入する
ある、いる	存在する

次に挙げる文は、それぞれaが話し言葉、bが書き言葉である。

(1) a 電車はもうすぐ京都に着くはずですよ。
　　b 電車は間もなく京都に到着するはずである。

(2) a 黙っている方が得なこともあります。
　　b 沈黙は金。

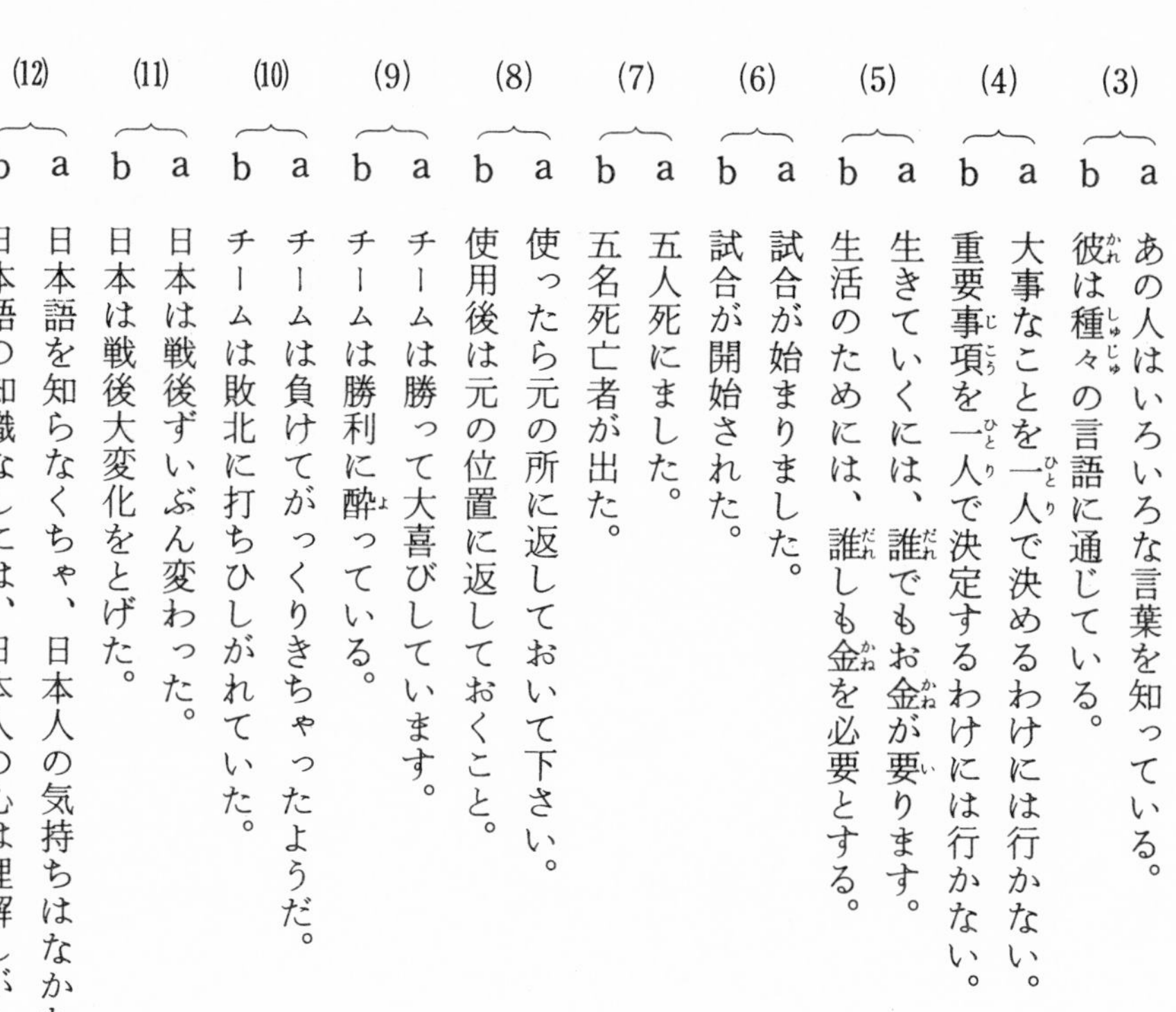

(3)
a　あの人はいろいろな言葉を知っている。
b　彼は種々の言語に通じている。

(4)
a　大事なことを一人で決めるわけには行かない。
b　重要事項を一人で決定するわけには行かない。

(5)
a　生きていくには、誰でもお金が要ります。
b　生活のためには、誰しも金を必要とする。

(6)
a　試合が始まりました。
b　試合が開始された。

(7)
a　五人死にました。
b　五名死亡者が出た。

(8)
a　使ったら元の所に返しておいて下さい。
b　使用後は元の位置に返しておくこと。

(9)
a　チームは勝って大喜びしています。
b　チームは勝利に酔っている。

(10)
a　チームは負けてがっくりきちゃったようだ。
b　チームは敗北に打ちひしがれていた。

(11)
a　日本は戦後ずいぶん変わった。
b　日本は戦後大変化をとげた。

(12)
a　日本語を知らなくちゃ、日本人の気持ちはなかなか分からないでしょう。
b　日本語の知識なしには、日本人の心は理解しがたいであろう。

(13) a このごろの子供は、前ほど本を読まなくなって来た。
b 現代の子供は、以前ほど読書しない傾向にある。

(14) a 図書館では最近本をたくさん買った。
b 図書館では最近図書を大量に購入した。

(15) a 神様は本当にいるんでしょうか。
b 神は真に存在するのであろうか。

練習問題〔一〕の一

次の文中の傍線の部分を書き言葉から話し言葉に書きかえなさい。前出のリストにない単語も出来る限り書きかえなさい。

1 家屋を新築したら、家具も新しく購入せざるを得ない。
↓（　　　　　　　　　　　　　　）

2 大学教授のなかには、膨大な数の書籍を所有している人がいる。
↓（　　　　　　　　　　　　　　）

3 戦後の日本は信じがたいほどの変化をとげた。
↓（　　　　　　　　　　　　　　）

4 第二次大戦で日本は敗北を喫した。
↓（　　　　　　　　　　　　　　）

5 どのワープロが一番いいかは、使用してみなければ分からない。
↓（　　　　　　　　　　　　　　）

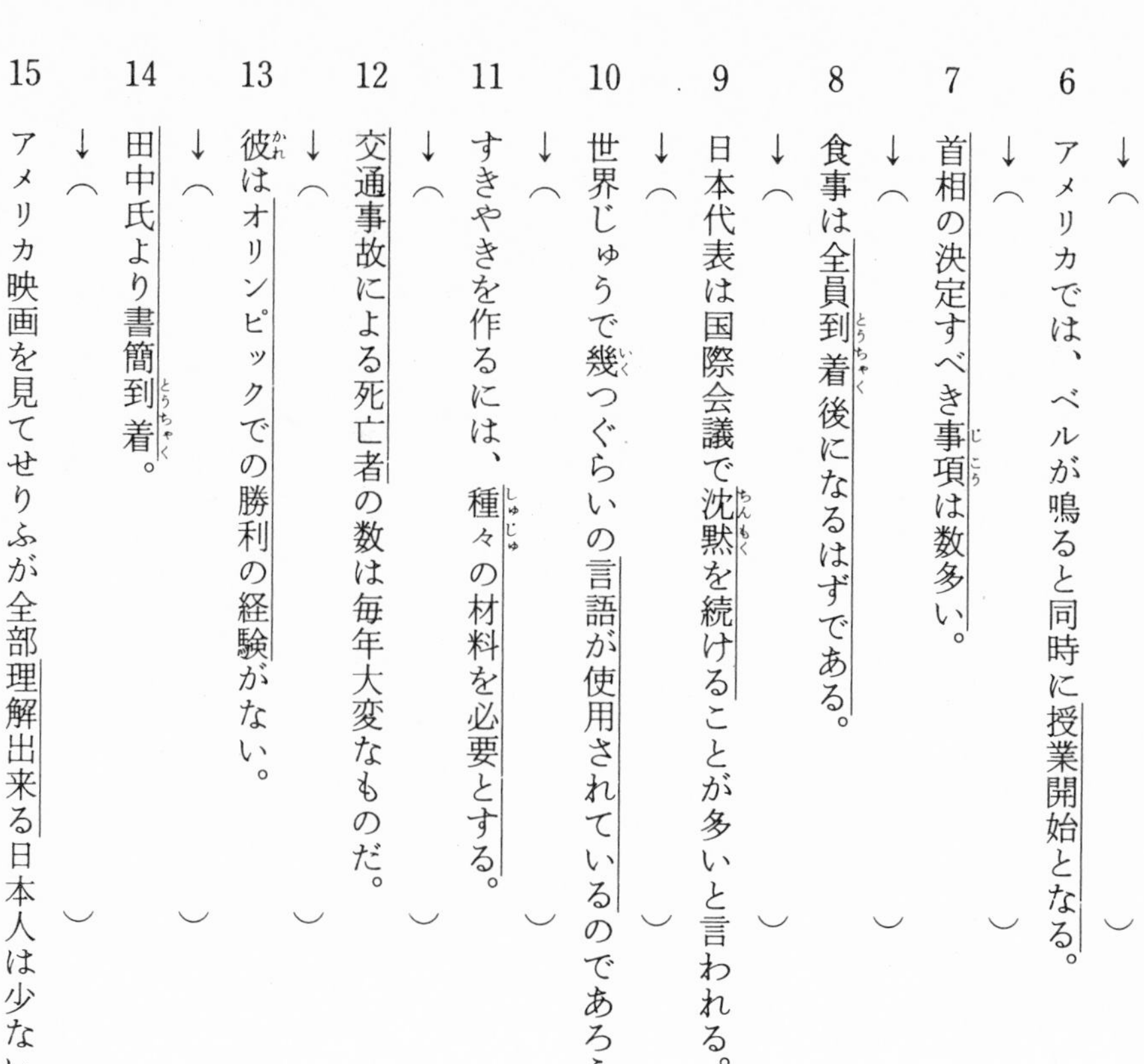

6　アメリカでは、ベルが鳴ると同時に授業開始となる。
→（　　）

7　首相の決定すべき事項は数多い。
→（　　）

8　食事は全員到着後になるはずである。
→（　　）

9　日本代表は国際会議で沈黙を続けることが多いと言われる。
→（　　）

10　世界じゅうで幾つぐらいの言語が使用されているのであろうか。
→（　　）

11　すきやきを作るには、種々の材料を必要とする。
→（　　）

12　交通事故による死亡者の数は毎年大変なものだ。
→（　　）

13　彼はオリンピックでの勝利の経験がない。
→（　　）

14　田中氏より書簡到着。
→（　　）

15　アメリカ映画を見てせりふが全部理解出来る日本人は少ない。
→（　　）

16　↓（幽霊（ゆうれい）の存在を信じる者はアメリカでも結構多い。）

17　↓（日本人はよく読書する。）

↓（　　）

二　話し言葉は漢語、書き言葉は和語

このタイプはそんなに多くはないが、次のような例がある。

話し言葉	書き言葉
貧乏（びんぼう）	貧しい
自分から	自（みずか）ら
旅行	旅
全部	すべて
勉強する	学ぶ
一番	もっとも

次に挙げる文は、それぞれaが話し言葉、bが書き言葉である。

(1)
a　東京には貧乏（びんぼう）な人も少なくありません。
b　東京には貧しい者も少なくない。

(2) a　何でも自分から進んでやるといいですよ。
　　b　何事も自(みずか)ら進んでやるべきだ。

(3) a　このごろは外国旅行に行く人がとても増えた。
　　b　最近は外国への旅に出る人が非常に増加した。

(4) a　仕事は全部終わりました。
　　b　仕事はすべて終わった。

(5) a　外国語は若いうちに勉強しておいた方がいいと思います。
　　b　外国語は若いうちに学んでおいた方がいいと思う。

(6) a　富士山(ふじさん)は日本で一番高い山です。
　　b　富士山(ふじさん)は日本でもっとも高い山である。

練習問題〔一〕の二

次の文中の傍線(ぼうせん)の部分を書き言葉から話し言葉に書きかえなさい。前出のリストにない単語も出来る限り書きかえなさい。

1　このごろ日本語を学ぶ者が世界各地で増加している。↓（　　　　）（　　　　）
2　当用漢字はすべて覚えるべきだ。↓（　　　　）
3　戦前の旅は時間を要した。↓（　　　　）
4　自(みずか)らの短所は自(みずか)ら直さなければならない。↓（　　　　）（　　　　）
5　戦前には貧しい学生だけがアルバイトをしたものだ。↓（　　　　）

三　話し言葉も書き言葉も、共に和語

この例は少なくないが、この場合は、書き言葉の方が古語であることが多い。

話し言葉	書き言葉
少ない、足りない	乏しい
だけ	のみ
だから	従って
まるで	あたかも
する	行う
もっと	さらに
ないだろう	まい
とても	極めて
だろう	であろう
話す、言う	語る、述べる
よう	ごとく
もう	すでに、もはや
まだ	いまだに
はっきりしている	明らかである
で	において

（で）の　　　　における

次に挙げる文は、それぞれaが話し言葉、bが書き言葉である。

(1)
a 東京は空き地が少ない。
b 東京は空き地に乏(とぼ)しい。

(2)
a ゴルフは金持ちだけのスポーツと言えるでしょうね。
b ゴルフは金持ちのみのスポーツと言えよう。

(3)
a 日本は物価が高い。だから観光客が増えないんですよ。
b 日本は物価が高い。従って観光客が増加しないのである。

(4)
a 銀座へ行くと、まるでファッション・モデルのようにおしゃれをした女の人がたくさんいますね。
b 銀座へ行くと、あたかもファッション・モデルであるかのように着飾(きかざ)った女性が多く見られる。

(5)
a 大学院生は専門の研究をします。
b 大学院生は専門の研究を行う。

(6)
a 東北地方は寒いけれど、北海道(ほっかいどう)はもっと寒いですよ。
b 東北地方は寒いが、北海道(ほっかいどう)はさらに寒い。

(7)
a 第三次大戦は当分起こらないだろう。
b 第三次大戦は当分起こるまい。

(8) a 新しい魚はとてもおいしい。
b 新鮮(しんせん)な魚は極めて美味(びみ)である。

(9) a 科学はますます進歩するだろう。
b 科学はますます進歩するであろう。

(10) a 首相はこのように話した。
b 首相はかくのごとく語った。

(11) a もうみんな出かけました。
b 一行(いっこう)はすでに出発した。

(12) a 結果はまだはっきりしていない。
b 結果はいまだに明らかではない。

(13) a 一九六四年のオリンピックは東京であったんです。
b 一九六四年のオリンピックは東京において行われたのである。

(14) a 学会(で)の研究発表はとてもうまく行った。
b 学会における研究発表は大成功であった。

練習問題〔一〕の三

次の文中の傍線(ぼうせん)の部分を書き言葉から話し言葉に書きかえなさい。前出のリストにない単語も出来る限り書きかえなさい。

1 あしたは、雪は降(ふ)るまい。↓（　　　　）

2　高校入試は大変だが、大学入試はさらに大変だ。↓（　　）（　　）

3　サラリーマンが家を建てるのは、極めて困難である。↓（　　）（　　）

4　非キリスト者が教会で結婚式を行うのは無意味である。↓（　　）（　　）

5　女性の地位は高まるばかりであろう。↓（　　）（　　）

6　アメリカの犬はあたかも家族の一員であるかのようである。↓（　　）（　　）

7　ワープロはタイプライターのごとくでありながら、実はずいぶん違う。↓（　　）（　　）

8　日本が戦争に敗れて、すでに四十数年たった。↓（　　）（　　）

9　日本は土地が乏しい。従って地価は上がるばかりである。↓（　　）（　　）

10　満員電車で通わざるを得ないのは、サラリーマンのみではない。↓（　　）（　　）

11　日本の住宅問題はいまだに解決されていない。↓（　　）（　　）

12　日本にはすぐれた政治家が存在しない。↓（　　）（　　）

四　話し言葉も書き言葉も、共に漢語

このタイプは比較的少ないが、次のような例がある。

話し言葉	書き言葉
自分	自己
普通	通常
百姓	農民
大事、大切	重要
天気	天候
突然	突如
貯金	貯蓄

次に挙げる文は、それぞれaが話し言葉、bが書き言葉である。

(1)
a　あまり自分のことばかり考えてはいけませんよ。
b　あまり自己中心であってはならない。

(2)
a　小学生でも塾へ行くのは普通のことです。
b　小学生でも塾へ行くのは通常のことである。

(3)
a　お百姓さんは、いつも天気に注意しています。
b　農民は常に天候に注意を払っている。

(4)
a　大事なことを話し合った。
b　重要事項を話し合った。

(5) a　突然雨が降り出しました。
　　b　突如雨が降り出した。

(6) a　あの人は一生懸命に貯金をしています。
　　b　彼は貯蓄に励んでいる。

練習問題〔一〕の四

次の文中の傍線の部分を書き言葉から話し言葉に書きかえなさい。前出のリストにない単語も出来る限り書きかえなさい。

1　自己を理解せずに他人のことが理解出来るはずがない。
↓（　　）（　　）

2　車の所有は、現在では通常のことだ。
↓（　　）（　　）（　　）

3　突如天候が変化した。↓（　　）（　　）（　　）

4　貯蓄の重要性は誰でも知っていることだ。↓（　　）

〔二〕普通の言葉とあらたまった言葉

日本語は英語より会話のレベルがはっきりと分かれており、どのレベルで話すかによって、語彙の種類もかなり変わって来るのが普通である。例えば、普通の会話なら「きょう」で済む場合、あらたまった会話、すなわち敬語などを使う場合には、「今日（こんにち）」とか「本日（ほんじつ）」

と言うのが、その一例である。そういう例を挙げてみよう。

普通(ふつう)の言葉	あらたまった言葉
きょう	今日（こんにち）、本日（ほんじつ）
あした	明日（みょうにち）
あさって	明後日（みょうごにち）
きのう	昨日（さくじつ）
おととい	一昨日（いっさくじつ）
去年	昨年（さくねん）
ゆうべ	昨晩（さくばん）
今度(こんど)	この度(たび)
どう	いかが
どこ	どちら
本当に	まことに

次に挙げる文は、それぞれaが話し言葉、bが書き言葉である。

(1) a　きょうは本当に有難(ありがと)う。
　　b　本日(ほんじつ)はまことに有難(ありがと)うございました。

(2) a　君の所のお母(かあ)さんその後(ご)どう。
　　b　お宅のお母様(かあさま)その後(ご)いかがですか。

(3) a　ゆうべはどうも失礼。
　　b　昨晩（さくばん）はどうも失礼致（いた）しました。

(4) a　どこに住んでいるの。
　　b　どちらにお住まいですか。

(5) a　今度はひどい目にあったそうだね。
　　b　この度（たび）はひどい災難におあいになられたそうで。

あらたまった言葉を普通（ふつう）の会話、又（また）は、くだけた会話に混ぜると、非常におかしなことになる。

(1) ＊明日（みょうにち）行こうか。
(2) ＊きのうの試験は、いかがだった？
(3) ＊まことに済まないなあ。

練習問題〔二〕

次の文をあらたまった言葉から普通（ふつう）の言葉に書きかえなさい。

1　まことに申しわけありません。
↓（　　　　　　　　　　　　）

2　本日（ほんじつ）は晴天であります。
↓（　　　　　　　　　　　　）

3　どちらがよろしいでしょうか。
↓（　　　　　　　　　　　　）

4　明日か明後日に致しましょう。
→（　　　　　　　　　　　　　　）

5　この度いよいよ結婚することに致しました。
→（　　　　　　　　　　　　　　）

6　昨日の試験はいかがでしたか。
→（　　　　　　　　　　　　　　）

〔三〕男言葉と女言葉

日本語には、主として男だけが使う単語がいくつかある。それは、主としてぞんざいな会話で使われる。主に女性が使うという単語もあるが、それは少ないようである。つまり女性は、男性がぞんざいでない会話で使うような単語を使っていればいいということであろう。

	ぞんざいな言葉	ぞんざいではない言葉
動詞	食う	食べる
名詞	めし	御飯、食事
	腹	おなか
	おやじ	父、お父さん
	おふくろ	母、お母さん
イ形容詞	うまい	おいしい
	でっかい	大きい

単語の上で、男女の言葉がはっきりと分かれているのは、いわゆる「人称代名詞」の場合や助詞の場合などであろう。

	男言葉	女言葉
人称代名詞	おれ、僕、君	あたし、あなた（「あなた」は男も使う）
助詞	ぜ、ぞ	わ、わよ、わね

次のようなぞんざいな文は、原則として男しか使わない。

(1)　腹が減ったから、飯くうぞ。
(2)　おやじとおふくろはどこだ。
(3)　あの店のすしはうまいぜ。

練習問題〔三〕

次の文を男言葉から女言葉にしなさい。

1　おれ、もう飯くったよ。→（　　　　　）
2　うまそうな物があるぞ。→（　　　　　）
3　僕行くよ。→（　　　　　）
4　君のおやじ、いくつ。→（　　　　　）
5　いやだぜ。→（　　　　　）

第五章　挨拶語

(1)　おはようございます

通常、英語の Good morning! に当たる日本語は、「おはようございます」だと思われているし、日本語の学生にもそのように教えられるのが普通であろう。しかし、この二つは同じではない。まず第一に、Good morning! は、真夜中が過ぎて午前になると同時に使い始めてよい挨拶であり、現に英語国のラジオやテレビのアナウンサーは、夜中の十二時過ぎのプログラムの始めに Good morning! と言う。一方日本語国民は、朝起きてからでなければ「おはようございます」と言う気になれない。使いおさめの時間も違うようである。英語では、午前いっぱい Good morning! と言ってよい。厳密に言えば、午前11時59分59秒までは、Good morning! と言っていいことになる。しかし、「おはようございます」は、朝早く言うのが原則であって、昼近くなってからこれを使うと、極めて間が抜けて聞こえる。この違いがどこから来ているかと言うと、英語の morning という単語が「午前」を意味することが多いからであろう。

英語の Good morning! には、誰に対して言ってはいけないという制限はない。家族にでも、よその人にでも、目上にも目下にも使っていい挨拶語である。日本語では、「おはようございます」と「おはよう」とを使い分ける必要がある。「おはよう」は、家族・友人その他ごく親しい者同士に限られ、目上に対しては、絶対に「おはようございます」でなければならない。英語国民のなかには、日本語を勉強しはじめてからしばらくして教師と親しくなると、「おはようございます」を堅苦しく感じて、「おはよう」と言いたがる者が出て来るが、これは注意する必要がある。

(2) こんにちは

英語国民を対象とする日本語の教科書には、普通「Good afternoon!に当たる日本語は『こんにちは』である」と書いてある。しかし、これは完全に正しいとは言えない。まず英語の Good afternoon!は、お昼過ぎから夕方までしか使われないが、日本語の「こんにちは」は、それと同じ時間帯に使われることが一番多いにしても、午前中又は夕方以後に使われることも結構ある。アメリカあたりの日本語学生のなかには、「こんにちは」は英語の Hi!と同一視し、日本人を見かけると、これを連発する者がいるが、これは困る。英語では、同じ相手に一日のうちに何度出会っても、その度に Hi!と言ってよいが、日本語では一人の人に対して、同じ日のうちに二度以上「こんにちは」を言うわけにはいかない。二度目からは軽い会釈だけでよい。もう一つの大きな違いは、Hi!が家族に対しても使えるのに対し、「こんにちは」は、同じ家に住む家族に対して使えないということである。同じ職場に勤める人、特に同じ会社の同じ課に勤める人に対しても使えない。つまり「こんにちは」はウチの人にではなく、ソトの人に対する挨拶語と言える。しかし英語の Hi!や Hello!には、そんなウチ・ソトの区別はない。

最後に「こんにちは」を「おはようございます」に比べると、「こんにちは」の方がくだけた挨拶語であろう。例えば、デパートの店員や銀行の窓口係のように、いつも丁寧な言葉を使う人々は、午後の客に対して「こんにちは」とは言わず、「いらっしゃいませ」と言うはずだ。「こんにちは」

はソトの人に対して使うと言っても、友人や知人に対する場合が原則なのである。

練習問題 (1)(2)

次のそれぞれの場合に最も適当と思われるものに○をつけなさい。

1　朝起きて、ホスト・ファミリーのお母(かあ)さんの顔を見た時。
a（　）おはよう。
b（　）おはようございます。
c（　）こんにちは。

2　お昼ちょっと前に友人に会った時。
a（　）おはよう。
b（　）こんにちは。
c（　）おはようございます。

3　朝一度出会った人に、午後もう一度出会った時。
a（　）こんにちは。
b（　）おはようございます。
c（　）何も言わずに会釈(えしゃく)。

4　デパートの店員が、午後来たお客さんに。
a（　）こんにちは。
b（　）いらっしゃい。

c（　）いらっしゃいませ。

5　朝早く日本語のクラスに行く途中で、そのクラス担当の先生に出会った時。

a（　）おはようございます。

b（　）おはよう。

c（　）こんにちは。

(3) おやすみなさい

日本語の「おやすみなさい」は、英語の Good night! に比べると、使われる時間帯が、ある意味ではかなり狭い。英語では、夜寝るときだけではなく、夕方勤めが終わって同僚と別れる時にも Good night! が使われるが、「おやすみなさい」は、寝るときとか夜遅く（つまり就寝時間ちかくになって）別れるときにしか使えない。午後五時半に仕事がひけて同僚と別れるときに、「おやすみなさい」と言えば、非常に奇妙である。

しかし他方、「おやすみなさい」の方が、Good night! より使用範囲が広いと言える面もある。というのは、昼寝をしようとしている人に、Good night! と言うのはちょっとおかしいが、そんな場合に「おやすみなさい」と言っても全然変ではないからである。そのわけは、Good night! には night という単語が含まれているのに対し、「おやすみなさい」の方は、「休む」つまり「寝る」から派生した挨拶なので、寝ようとしていさえすれば、時間には関係がないからであろう。

他の挨拶語の場合と同様に、「おやすみなさい」にも「おやすみ」という省略形があるが、これは主として家族内で目上が目下に（例えば親が子に）言う言葉だから、外国人学生にはあまり使うチャンスがないと覚えていて間違いなさそうである。

(4) さよなら

「さよなら」は、目下または同じくらいのレベルの人に対して使う言葉である。目上の人に対しては、「失礼します」の方が丁寧である。例えば、大学生が自分の先生に「さよなら」と言うのは、ちょっと子供じみており、「失礼します」の方が、ずっと大人らしく聞こえる。英語では、Good-by！は誰に対して使ってもいいから、英語国民は、日本語を話すとき「さよなら」を使いすぎないように注意すべきであろう。

Good-by！と違って、「さよなら」は同じ家に住む家族に対して使うことは出来ない。自分の家を出るときには「行って来ます（又は、行ってまいります）」を使い、出かける家族を見送る人は「行っていらっしゃい」と言う。

旅に出る人に対して「さよなら」を言うのも控えた方がいい。なぜなら、そんな場合の「さよなら」はあまりにもよそよそしすぎて、何だか旅立つ人にもう会いたくないような響きを持つからである。人を送る側はやはり「行っていらっしゃい」がいい。

(5) 行ってまいります

自分の家を出る時は「行ってまいります」と言うのが普通だったが、このごろの若い人たちは、ほとんど「行ってきます」になってしまったようである。それを見送る家族は「行っていらっしゃい」と言う。英語では、出かける側も見送る側もGood-by！でよいのだから、日本語はそれとかなり対照的である。

「行ってまいります／来ます」「行っていらっしゃい」のやりとりは、家族内にとどまらず、同じ職場内や隣人同士でもよい。

家へ帰って来た者は、「ただいま」と言い、それを迎える者は「お帰りなさい」と言う。この場合も、どちら側も Hi! で済ませられる英語とは、対照的である。

(6) 失礼します

「失礼します」は用途の多い言葉で、いろいろな場合に使われる。「さよなら」の項で「さよなら」より「失礼します」の方が別れの挨拶として丁寧であると説明したが、「失礼します」は、その外、人の前を通って自分の席に行かねばならないような時にも便利な挨拶である。後者の場合なら、「失礼します」のかわりに、「ちょっと失礼」も使える。

人より先に何かする場合には、「お先に失礼します」がよい。例えば、人より先に戸口を通り抜けるとかタクシーに乗り込むなどという時に使う言葉である。もっと簡単にしたければ、「お先に」又は「ではお先に」と略してもよい。

練習問題 (3)(4)(5)(6)

次のそれぞれの場合に最も適当と思われる言葉に○をつけなさい。

1　夕方五時半ごろ仕事を終えて家へ帰ろうとする同僚に。

a（　）おやすみなさい。

b（　）じゃ又あした。

2　就寝する時、ホスト・ファミリーの人たちに。

a（　）おやすみ。

b（　）おやすみなさい。

3　午後クラスが終わって同級生と別れる時。

a（　）じゃ、さよなら。

b（　）おやすみ。

4　道で日本語の先生に出会って、一、二分立ち話しをした後で別れる時。

a（　）じゃ、失礼します。

b（　）さよなら。

5　朝クラスへ行くためにホスト・ファミリーの家を出る時、その家の家族に。

a（　）行ってまいります。

b（　）さよなら。

6　ほかの人達と一緒にパーティーへ行ったのだが、その人達より先に帰りたい時。

a（　）ちょっと失礼。

b（　）お先に失礼します。

7　日本人の友達の家へ行って、そのお母さんに「どうぞお上がり下さい」と言われ、自分もそうしたい時。

a（　）お先に失礼します。

b（　）じゃ失礼します。

8　空港から発つ人を見送りに行って、いよいよその人と別れる時。

a（　）じゃ、さよなら。
b（　）じゃ、行っていらっしゃい。

9　放課後ホスト・ファミリーの家へ帰ってしばらくして、その家の家族が帰って来た時。
a（　）お帰りなさい。
b（　）こんにちは。

10　飛行機で、隣に座っている日本人の前を通ってトイレへ行かなければならない時。
a（　）お先に。
b（　）ちょっと失礼。

(7) お元気ですか

「お元気ですか」は、毎日会う相手には使わない。しばらくぶりで会った人にのみ使うと思って間違いない。英語国民は、これを How are you? と同一視して、やたらに使いたがる傾向があるので、注意を要する。

「お元気ですか」に対する返事としては、「はい、元気です」はあまりにも翻訳的で感心出来ない。「お陰様で」とか、「ええ、まあ何とか」あたりが適当であろう。それにつけ加えて、「お宅の皆さんもお元気ですか」とか、「先生もお変わりございませんか」などと言ってもよい。

(8) いかがですか

「いかがですか」は英語の How are you? に当たる表現のように見えるが、実はそうではない。

How are you？は毎日会う相手に言ってもいいが、「いかがですか」は、病気の人を見舞う言葉として使うか、病気だった人に会った時に使う。「いかがですか」は、相手の健康以外のことを尋ねる時にも使える。例えば、初めてすしを食べてみている外国人に、「すしは気に入ったか」の意味で「いかがですか」ときくことも出来る。

「いかがですか」は丁寧に話す時に使う言葉であるから、それ以外の時は、「どうですか」でよい。

(9)　お出かけですか／どちらまで

日本人は、誰かが出かけるところを見ると、「お出かけですか」とか、「どちらまで」と尋ねることが多い。外国人のなかには、この質問を「余計なお世話だ」と考えて、非常にいやがる者が結構いるが、この二つの質問は本当の質問と言うより、むしろ挨拶語と見るべきだろう。ちょうど英語のHow are you？が挨拶語化しているのと同じである。従って、「ガールフレンドとのデートで新宿まで行って来ます」などと答える必要はなく、「ちょっとそこまで」だけで十分である。

練習問題　(7)(8)(9)

次のそれぞれの場合に最も適当と思われる言葉に○をつけなさい。

1　よく出会う隣の人に朝出会った時。

a（　）おはようございます。

b（　）いかがですか。

2　病気で入院中の人を病院へ見舞いに行った時。

a（　）お元気ですか。

b（　）いかがですか。

3　しばらく会わなかった人にぱったり出会った時。

a（　）お元気ですか。

b（　）先日はどうも。

4　隣の人が出かけるところを見かけた時。

a（　）いかがですか。

b（　）お出かけですか。

5　病気で数日クラスを休んだ後、だいぶよくなって学校へ行き、先生に「いかがですか」と尋ねられた時。

a（　）お元気ですか。

b（　）お陰様で。

6　デートに出かける途中で近所の人に出会い、「お出かけですか」と尋ねられた時。

a（　）デートです。

b（　）ちょっとそこまで。

7　日本人の知人の家で夕食を御馳走になっていると、今まで食べたことのない食べ物が出て来た。それを食べていて、その家の奥さんに「いかがですか」と聞かれた時。

a（　）お陰様で。

b（　）大変結構です。

⑽ ありがとう

「ありがとう」はお礼の言葉であるが、目上の人に対して使うことは出来ない。目上の人に対しては、必ず「ございます」又は「ございました」をつけることを忘れてはいけない。では、「ありがとうございます」と「ありがとうございました」はどう違うかと言うと、すでに完了したことについてお礼を言う時には「ありがとうございました」を使い、まだ完了していないことについてお礼を言う時には「ありがとうございます」を用いればよい。例えば、誰かにプレゼントをもらった場合、受け取りながら言うなら「ありがとうございます」であり、次回に会ってお礼を言うなら「ありがとうございました」となる。

誉められた時には、英語では Thank you. と言うのが普通だが、日本語ではもっと控え目な応答がよい。「日本語がお上手ですねえ」と言われたら、「いいえ、まだまだです」などと言うのが普通であろう。こんな場合に、「ありがとうございます」と言えば、自惚れに聞こえる。自分の家族を誉められた時も同様である。

⑾ すみません

「すみません」は本来おわびの言葉である。

(1) 「勉強中なので、少し静かにしてくれませんか。」
「どうもすみません。」

前に起こったことについてあやまる時には、「すみませんでした」となる。

人に何かしてもらった時、「申しわけない」という気持ちと、「ありがたい」という気持ちとは、日本人には紙一重である。従って、「すみません」もおわびだけでなく、お礼の言葉としてもごく普通に用いられる。

(2)　きのうは、夜分おそくお電話をしてしまって、どうもすみませんでした。

(3)　「これ、つまらないものですけれど、どうぞ。」
「ああ、どうもすみません。」

(4)　きのうは大変結構なものを戴きまして、どうもすみませんでした。

(12)　先日はどうも

日本人は、誰かに何かしてもらったとき、その場でお礼を言うだけでなく、次回にもお礼を言う。何かしてもらった時がいつだったかによって、「昨日はどうも」「一昨日はどうも」などと使い分けるが、いちばんよく使われるのは「先日はどうも」であろう。実は、「……はどうも」という挨拶は、単なるお礼の言葉ではない。先日御馳走してくれた人などに対して使えるのはもちろんだが、先日どこかでただ出会っただけの相手にでもいい。とにかく前回のことに触れるのが日本式エチケットであろう。

(13)　あけましておめでとうございます

「あけましておめでとうございます」は正月の挨拶である。英語の Happy new year！と違うのは、Happy new year！が年末でも使えるのに反し、「あけましておめでとうございます」の方は正月前に使ってはいけないということである。例えば、十二月末に知人と会ったら、別れる時に言う言葉は「あけましておめでとうございます」ではなく、「よいお年をお迎え下さい」でなければならない。「あけましておめでとうございます」は、かなりあらたまった挨拶語であるから、それほどあらたまる必要がなければ、「おめでとうございます」だけでよいし、同級生や目下の人に対してなら、「おめでとう」だけでもよい。「よいお年をお迎え下さい」も、かなりあらたまった言葉であって、それを略して「よいお年を」などとすれば、いくらかくだけた表現になるかもしれないが、それでもあらたまった感じがするせいか、子供同士、若者同士などはあまり使わない。

自分が喪中の場合、又は喪中の人に対しては、正月のお祝いの言葉を言わないのが原則である。

練習問題 (10)(11)(12)(13)

次のそれぞれの場合に最も適当と思われる言葉に○をつけなさい。

1 十二月の末に知人に会って、別れる時。

a （ ）あけましておめでとうございます。

b （ ）よいお年をお迎え下さい。

2 先週御馳走してくれた先輩に会った時。

a （ ）先日はどうも。

b （ ）どうもありがとう。

3 先生がいろいろ質問に答えてくれた時。

a （ ）どうもありがとう。

b（　）ありがとうございました。

4 きのう手伝ってくれた人に会った時。

a（　）こんにちは。

b（　）昨日(きのう)はどうも。

5 ちょっと漢字を書いた留学生が、それを見た日本人に「字がきれいですねえ」と誉(ほ)められた時。

a（　）ありがとうございます。

b（　）いいえ、まだまだです。

6 冬休みが明けて、学校へ行った学生が、廊下(ろうか)で先生に会った時。

a（　）おめでとうございます。

b（　）こんにちは。

7 目上の人からプレゼントをもらった時。

a（　）どうもありがとう。

b（　）どうもすみません。

8 クラスを休んでしまった次の日、先生に。

a（　）きのうはすみませんでした。

b（　）こんにちは。

第六章　総合問題

一　次の言葉のなかから適当なものをえらんで（　　）に入れなさい。
となり、横、別、ほか、なか、うち、学生、生徒、値段、物価

1　そばやで出すのは、そばの（　　）にも、うどん、そうめんなどいろいろある。
2　戦前は（　　）も安かったが、会社員などのサラリーも安かった。
3　このごろ大学の（　　）で制服を着ているのは、応援団（おうえんだん）ぐらいだろう。
4　野球とサッカーとラグビーの（　　）日本で一番盛（さか）んなのは野球だろう。
5　韓国（かんこく）は日本の（　　）にあると言っても海の向こうだ。
6　ランドセルを背負って通学するのは小学校の（　　）だけだ。
7　日本から見ると、アメリカのステーキの（　　）は大したことはない。
8　まさかエレベーターの（　　）でタバコを吸うやつはいないだろう。
9　昔（むかし）の人は机の（　　）に火ばちを置き、時々手を温めながら勉強したものだ。
10　アメリカから日本へ帰る時、何かおみやげをと思っても、（　　）に日本人の喜びそうな物はない。

二　次の言葉のなかから適当な言葉をえらんで（　　）に入れなさい。
答え、返事、教師、先生、次、今度、緑、青い、うち、いえ

1　あさっての日曜はちょっと都合が悪いので、その（　　）の日曜にしてくれませんか。
2　田中君はかぜを引いたとか言って（　　）顔をしている。
3　僕が子供のころ、（　　）には犬と猫が必ず一匹ずついたものだ。
4　日本では、大学教授から美容師まで（　　）と呼ばれる。
5　いくらこちらから手紙を出しても（　　）をくれない人は、筆不精か失礼な人かどちらかだ。
6　テレビでクイズ番組を見ていると、出場者より先に（　　）が分かってしまうことがある。
7　（　　）の土曜日、よかったら一緒に映画に行きませんか。
8　教えることの好きな人は、貧乏（　　）の生活もいとわない。
9　このごろの野球場は（　　）の人工芝が多くなった。
10　今の日本で三十代で（　　）持ちになれる人はほとんどいない。

三　次の言葉のなかから適当なものをえらんで（　　）に入れなさい。
する、やる、ある、持っている、反する、反対する、分かる、知る

1　戦争に（　　　　）人が多いのに、どうしてこんなに戦争が多いのだろう。
2　大学を出ないうちに結婚（　　　　）と経済的に苦しくなるのは当然だ。
3　私は兄弟が五人も（　　　　）。
4　英語がかなり出来る日本人でも、アメリカ映画のせりふが全部（　　　　）というわけにはいかない。
5　一を聞いて十を（　　　　）というような人がそんなにたくさんいるわけがない。
6　音を立てて飲んだり食べたりするのは、欧米ではエチケットに（　　　　）こととされている。
7　日本では、別荘を（　　　　）人は少ないと思う。

四　次の言葉のなかから適当なものをえらび、「テ形」に変えて、（　　）に入れなさい。

話す、言う、聞く、頼む、教える、知らせる、あがる、のぼる、考える、思う

例　坂本さんは、六月に結婚すると（知らせて）来た。

1　試験の問題が難しかったので、よく（　　　　）答えを書いた。
2　登山家はみな一度はエベレストに（　　　　）みたいと思うようである。
3　このごろ外国人に日本語を（　　　　）みたいと思って日本語教師養成講座を受ける主婦が増えて来ている。
4　外国の女性に「結婚していますか」とか「お子さんがありますか」などのようなプライベー

トなことを（　　　）はいけない。

5 あの外人にGood morning！と（　　　）みたら、「おはようございます」ときれいな日本語で言われてびっくりした。

6 翻訳の仕事があまり難しいので、半分鈴木さんに（　　　）しまった。

7 奥田さんの家を訪ねた時は、玄関だけで失礼するつもりだったのだが、「どうぞ、どうぞ」と言われて、つい（　　　）しまった。

8 すしが食べたいなあと（　　　）、ついすし屋に入ってしまった。

9 図書館で大声で（　　　）はいけない。

五　次の言葉のなかから適当なものをえらび、「テ形」に変えて（　　　）に入れなさい。

助ける、手伝う、働く、勤める、習う、覚える、眠る、寝る、はやる、人気がある

1 何十年も同じ会社に（　　　）いたら飽きてしまうだろう。

2 学生時代にラテン語を勉強したが、今ではほとんど（　　　）いない。

3 酔っぱらいにからまれて困っていた女性を（　　　）上げた。

4 寝ながら本を読んでいたら、いつのまにか（　　　）しまった。

5 相撲はすごく（　　　）、テレビの視聴率が非常に高い。

6 きのうは気分が悪くて一日中（　　　）いたが、おなかが痛んでさっぱり眠れなかった。

7　いくら（　　　）もお金がたまらないのは、どういうわけだろう。

8　アメリカの大学で日本語を（　　　）いる学生の数は、一九八〇年代になってから、二倍、三倍に増加した。

9　高校生の間には、いつも変なスラングが（　　　）いる。

六　次の言葉のなかから適当なものをえらんで（　　）に入れなさい。

若い、小さい、古い、年を取った、広い、大きい

1　京都や奈良は歴史の（　　　）町である。

2　狭い日本からアメリカへ行くと、道路の（　　　）のに感心する。

3　お相撲さんは普通の日本人よりずっと（　　　）。

4　「幼稚園のころのこと覚えている？」
「そんな（　　　）ころのことは、もう忘れちゃったよ。」

5　日本では、老人は老人らしく、と言われるが、アメリカでは（　　　）人でも（　　　）人のようなかっこうをしていることが多い。

七　どちらか正しい方を○で囲みなさい。

1　東京はもちろん、札幌の夏も結構（暑い・あったかい）。

2 アメリカのステーキは、日本のステーキよりずっと（太い・厚い）。
3 プロ・テニスの選手は、腕が片方だけ（太い・厚い）のですぐ分かる。
4 吉野山は桜が（美しい・きれい）ので有名である。
5 （寒い・冷たい）冬の日にわざと（寒い・冷たい）水を浴びる人がいるが、心臓にいいはずがない。
6 冬でも時々（暑い・あったかい）日がないわけではない。
7 掃除をしたら、やっと部屋が（美しく・きれいに）なった。
8 中国人は一般に卓球が（上手・うまい）だ。
9 （熱い・あったかい）トースターにさわって指をやけどしてしまった。
10 日本人は外国で（多い・たくさん）おみやげを買うので有名だ。
11 若いころの外国旅行は（嬉しい・楽しい）思い出になるだろう。
12 日本人もこのごろ栄養がよすぎて（太っている・太い）人がだいぶ増えて来た。
13 自分の教えている学生が日本語の弁論大会で一等になってくれた時は、本当に（嬉しかった・楽しかった）。

八　次の言葉のなかから適当なものをえらんで（　　）に入れなさい。
自分で、一人で、全く、全然、このあいだ、このごろ
1 きょうは、家族がみんな出かけてしまったので、（　　）家で本を読んでいる。

2　コンピューターというものは（　　）便利なものですねえ。

3　アメリカの大統領の演説は（　　）書くのではなく、ほかの人に書かせるのだそうだ。

4　（　　）会ったジムというアメリカ人は、あんまり日本語が上手なのでびっくりしてしまった。

九　次の言葉のなかから適当なものをえらんで（　　）に入れなさい。

ライス、ブラック、バス、ドライブ、ケーキ

1　週末に家族連れで（　　）に出かけるなんて、戦前では金持ちだけに許されたぜいたくであった。

2　アメリカのコーヒーは薄いので、（　　）でも結構飲める。

3　日本の（　　）は、アメリカのほど甘くもないし、大きくもない。

4　しゃれたレストランでカレーを頼むと、（　　）とは別の入れ物に入れて持って来る。

一〇　次の言葉のなかから適当なものをえらんで（　　）に入れなさい。

バス、オープン、ジャケット、ツナ、ゲスト

1　日本では、小さな町にもマクドナルドやケンタッキー・フライド・チキンが続々と（　　）して行く。

2 ホテルでなく旅館なら（　　　　）つきということはないだろう。

3 日本では、有名な小説家になると、文学に関係のないテレビ番組にも（　　　　）として招待されることが多い。

4 （　　　　）のグラタンは案外おいしいものだ。

一 次の言葉のなかから適当なものをえらんで（　　）に入れなさい。

ケーキ、ホット、シーズン、クーラー、ウィンドー、ファイト

1 日本の（　　　　）は除湿機（じょしつき）にもなる。

2 （　　　　）のなかのマネキンだと思ったものが本当の人間だったら、ちょっと気味が悪いだろう。

3 受験生は親からも先生からも（　　　　）を出せと言われて頑張（がんば）るのである。

4 きょうのコーヒーは（　　　　）で行こう。

5 二月、三月は受験の（　　　　）で、親も子も心配が絶えない。

二 次の言葉のなかから適当なものをえらんで（　　）に入れなさい。

カンニング、マンション、ミシン、タレント、トランプ、ジャー

1 （　　　　）の使える男性は、洋服屋のほかにはあまりいないだろう。

2　（　　　　）が見つかったら、落第、停学、退学などの罰を受けるのは当然だ。

3　お湯を（　　　　）に入れておいたら、何時間ぐらい冷めないんですか。

4　子供のころから（　　　　）になってしまうと、学校へ行く暇もなくなるらしい。

5　（　　　　）は必ず五十二枚とジョーカーで一組になっている。

一三　次の言葉のなかから適当なものをえらんで（　　　　）に入れなさい。

マンション、タレント、ストーブ、バイキング、スマート、パンツ

1　（　　　　）といっても、「ウサギ小屋」のような小さい所もある。

2　このごろは旅館に泊まっていても、シャツや（　　　　）をコイン・ランドリーで洗えばいいので、ずいぶん便利になった。

3　（　　　　）を使ったら寝る前に消すのを忘れてはいけない。

4　最近のプロ野球の選手は昔より背も高いし、だいぶ（　　　　）にはなったが、果たして上手になったかどうかは疑問だ。

5　（　　　　）は自分のおなかに合わせて食べればよいのだ。

一四　どちらか正しい方を○で囲みなさい。

1　（バレー・ボレー）は日本人にも向いているスポーツの一つである。

2 東京では、電車が（ストライク・ストライキ）をすると大変な混雑になる。
3 （ガラス・グラス）を使わずに電球を作ることは出来ない。
4 ビールは（カップ・コップ）でぐいと飲むのがおいしい。
5 ボール・スリーのあとの（スト・ストライク）を狙って打ったらいい。
6 日本酒は、おちょこの代わりに（ガラス・グラス）で飲んでも気分が出ない。
7 結婚のお祝いにと言って知人がサラダ・（ボウル・ボール）をくれた。
8 （バレエ・バレー）はフランスで始まった芸術である。
9 日本では、料理の材料を（カップ・コップ）ではからず全部目分量でやる人が少なくない。

一五 上の文と下の文を結びなさい。

1 壁にコンセントがあっても
2 ある若者たちの夢は
3 ぐっすり眠っていたのだが
4 工員たちは昼休みに
5 あまり田舎の方まで車で行くと

a キャッチ・ボールなどをやっている。
b モーニング・コールで起こされた。
c ガソリン・スタンドがなくて不便だ。
d その前にたんすなどを置いてしまっては無意味だ。
e オートバイのうしろにカッコイイ女性を乗せて突っ走ることのようである。

一六 上の文と下の文を結びなさい。

1 アメリカにはモーテルが多いので
2 日本の会社員は
3 ゆうべはルーム・クーラーをつけたまま寝てしまったので
4 スプーンで
5 いくらデパートでさがしても

a フリー・サイズの上着なんてあり得ない。
b ラブ・ホテルというものはない。
c 赤いワイシャツなんて着ないと思う。
d ソフト・クリームを食べるなんて変だ。
e かぜを引いてしまった。

一七 上の文と下の文を結びなさい。

1 安く旅行したいなら、なるべく
2 ホームランを打った選手は
3 ソファーを買うので
4 プッシュ・ホンは
5 手紙は何枚書いても

a ついでにフロア・スタンドも買いたい。
b 番号を押すと音が出る。
c ビジネス・ホテルに泊まるといい。
d ホチキスで留めないのはなぜだろう。
e ガッツ・ポーズをしてから走り出す。

一八 上の文と下の文を結びなさい。

1 ライブ・ハウスは

a シルバー・シートがありますか。

2 ちょっと寒い時は
3 プロ野球のナイターは一定時刻までに
4 新幹線にも
5 人間の写真をとるなら

b トレパンをはいてジョギングする。
c シャッター・チャンスが重要だ。
d 大体若者の集まる所だ。
e 終わらないと引き分けになってしまう。

一九 どちらか正しい方を○で囲みなさい。

1 （お・ご）都合がよろしかったら、どうぞ（お・ご）出かけください。
2 カウンターで（お・ご）すしを食べるなら、（お・ご）はしを使わなくてもいいんです。
3 最近の（お・ご）研究について何か（お・ご）話しくださいませんか。
4 先日は（お・ご）親切に（お・ご）電話をいただきまして、ありがとうございました。
5 （お・ご）嬢さまが（お・ご）結婚なさるそうですね。

二〇 次の言葉のなかから適当なものをえらんで（　　）に入れなさい。

無知、不景気、不完全、不満足、未成年、未納

1 授業料は、いつまでも（　　）というわけには行かない。
2 （　　）の時には、失業者が増える。
3 何歳までを（　　）というかは、国によって違う。

4　鎖国(さこく)が終わったとき、ふつうの日本人は外国に関して全く（　　　）であった。

二　次の言葉のなかから適当なものをえらんで（　）に入れなさい。

ぎみ、め、がち、げ、っぽい

1　ピッチャーの調子がよくて低（　　　）のストライクがきまると、バッターはなかなか打てない。

2　酔(よ)っ払(ぱら)い運転は、とかく事故を起こし（　　　）である。

3　テニスの試合は、マッケンローが押(お)し（　　　）だったが、結局レンドルが勝った。

4　アメリカ人はぬる（　　　）のおふろを好む。

5　日本の事情を知らない外国人は、日本人を誤解し（　　　）である。

6　長年外国に暮(く)らしている日本人には、どこかさびし（　　　）なところがあると言われる。

7　忘れ（　　　）人は、忘れものをしないように余程(よほど)注意しなければならない。

三　次の言葉のなかから適当なものをえらんで（　）に入れなさい。

ぶり、たて、っぱなし、だらけ、まみれ

1　誤植（　　　）の本は読みづらい。

2　出来（　　　）のパンは本当にいいにおいだ。

3 東京では通勤電車で一時間も立ち（　　　　）などというのは普通だろう。
4 十一年（　　　　）に日本へ帰った時は、日本がずいぶん変わっていたので驚いた。

二三 次の言葉のなかから適当なものをえらんで（　　　）に入れなさい。

がる、ぶる、ぶり

1 このごろの日本では、アメリカ製品をめずらし（　　　）人はいない。
2 紳士でもない男が紳士（　　　）とおかしい。
3 フィリピンやインドネシアから来た留学生が、冬に寒（　　　）のは当然だ。
4 生意気な話し（　　　）の人は、きらわれてしまう。

二四 次の言葉のなかから適当なものをえらんで（　　　）に入れなさい。

的、上、化、性

1 マンガ本の流行はあまり教育（　　　）でないと思う。
2 福沢諭吉は、日本近代（　　　）の恩人の一人だろう。
3 試験地獄は、日本の高校生の健康（　　　）重大な問題だ。
4 これからの教育は、国際（　　　）を持った内容でなければならない。
5 日本はアジアでもっとも民主（　　　）な国になった。

二五　次の言葉のなかから適当なものをえらんで（　　）に入れなさい。

つ、こ、人、名、本、まい

1　みかんを十（　　）買った。
2　私の家族は七（　　）きょうだいだった。
3　おはしが一（　　）だけでは食べられない。
4　全員二十（　　）集合しました。
5　誕生日にレコードを二（　　）もらった。

二六　次の言葉のなかから適当なものをえらんで（　　）に入れなさい。

本、まい、さつ、部、匹

1　図書館から本を五（　　）借りた。
2　ノミが一（　　）いれば、一晩じゅう寝られなくなってしまう。
3　百円の切手を二十（　　）ください。
4　うちでは、朝日新聞を一（　　）取っています。

二七 次の言葉のなかから適当なものをえらんで（　　）に入れなさい。

頭(とう)、軒、台、度、戸(こ)

1 日本に象が十（　　）もいる動物園があるだろうか。
2 うちにパソコンが一（　　）あると便利だ。
3 家を何（　　）も持っていれば、大金持ちに違(ちが)いない。
4 同じ映画を何（　　）も見る人の気が知れない。

二八 次の言葉のなかから適当なものをえらんで（　　）に入れなさい。

戸(こ)、杯、回、羽、階

1 カナリヤは一（　　）いくらでしょうか。
2 このごろの東京では、十（　　）だてのビルでもあまり大きく見えない。
3 アメリカ人はカクテルを何（　　）飲んでも、たいてい顔が赤くならない。
4 家が十（　　）しかない村は、寒村(かんそん)と言ってよい。
5 ゴルフは一（　　）やってみただけでやめられなくなるという。

二九 次の文を読んで、内容が合っている文には○を、違(ちが)っている文には×をつけなさい。

今朝少し早めに家を出たら、バスの中で、おろしたてらしい黒っぽい背広姿の紳士に会った。挨拶をするので、だれだろうと思って見ると、友人の川口君だった。今日はクラブの人達とホテルで食事をするのだそうだ。いつもはジーパンにシャツという格好なのに、今日はいやに紳士ぶっていた。

1（　）川口君は真黒の背広を着ていた。
2（　）川口君の背広は新しいもののようだった。
3（　）この人は、今朝もいつもと同じ時間に家を出た。
4（　）川口君は、いつもは紳士らしくない。
5（　）川口君は、今日クラブの友達と二人で食事をするつもりだと言った。

三〇　適当なものをえらびなさい。

日本人は自主（的・さ・性）がないとよく言われるが、自主（的・さ・性）に何でもやっていく積極（的・化・性）を養っていくというのが教育（的・上・性）重要なことではないだろうか。

三一　次の文を読んで、まず適当な言葉をえらび、次に内容が合っているものには○を、違っているものには×をつけなさい。

今日は二月十五日。日本へ来てからあっという間に半年が過ぎた。少し風邪（がち・ぎみ）で、頭が痛かったが、日曜日なので、二、三ヵ月前から借り（っぱなし・たて）になっていた本を返すために、友人の上村君の家を訪ねた。上村君は、なかなかの勉強（者・家・人）で、将来は学（人・士・者）になり（たい・たがっている）と言っている。玄関で失礼するつもりだったが、お母さんに「どうぞお上がり下さい」と言われて、（お・ご）じゃますることにした。五時ごろ「もうそろそろ（失礼します・さよなら）」と言ったのだが、又お母さんに「どうぞ（お・ご）ゆっくり」と言われて、夕御飯を（お・ご）馳走になることになった。食事（ちゅうに・ちゅうは）上村君のお父さんが帰って来られた。お父さんとは日本語で話をしたが、たぶん間違い（たくさん・だらけ）だっただろうと恥ずかしい。でも、ひさしぶりに上村君ともゆっくり話ができて、大変楽しい一日だった。

1（　）この人は、お父さんと話をした時、少し間違いをしたと思っている。
2（　）この人は、上村君から本を借りて、長い間返さなかった。
3（　）この人は上村君の家で夕食の招待を断りかねた。
4（　）この人は風邪をひきそうだ。
5（　）この人は毎日と言っていいほど上村君に会うのだろう。

三二　次の文を読み、傍線の部分を書き言葉から話し言葉に書きかえなさい。

留学生としてアメリカに(1)到着して（　　　）から、(2)すでに（　　　）四年たった。はじめは、(3)種々の困難を経験した（　　　）。(4)最大の（　　）

問題は英語で、教室では先生の講義が(5)理解できず（　　）、ディスカッションでも(6)沈黙（ちんもく）を続けていた（　　）。(7)従って（　　）成績も(8)極めて（　　）悪かった。毎日の生活(9)において（　　）も、習慣の違（ちが）い(10)になじめず（　　）苦しんだが、このごろは英語も楽になり、アメリカの生活にもなれ、あとは博士論文を書く(11)のみ（　　）となった。(12)金の乏（とぼ）しい（　　）のは問題だが、あと一年なら何とかなる(13)であろう（　　）。

三　次のような時、何と言ったらよいか考えなさい。

1　親しい友人が誕生日（たんじょうび）のプレゼントをくれた時。
（　　）

2　プレゼントをくれた友人に次の日に出会った時。
（　　）

3　病気がなおって又（また）学校へ出て来た先生に出会った時。
（　　）

4　パーティーで歌を歌って、ほめられた時。
（　　）

5　うちへ訪ねて来てくれた目上の人と話しているあいだに、電話が鳴って、出なければならない時。
（　　）

第四章索引

ハ

ヒ

フ

ホ

マ

ミ

モ

ラ

ル

ワ

カタカナ索引

ま

み

む

め

も

や

よ

ら

り

わ

ひらがな索引

著者紹介

三浦　昭（みうら・あきら）

1949年東京大学文学部独文学科卒業。62年コロンビア大学英文修士。70年同大学英語教育博士。現在ウィスコンシン大学東アジア言語・文学学科日本語教授。著書に*English Loanwords in Japanese* (Tuttle), *Japanese Words and Their Uses* (Tuttle), "*English*" *in Japanese* (Yohan),『日本語教師の手引き・初級ドリルの作り方』（凡人社）他がある。

McGloin花岡直美（マクグロイン・はなおかなおみ）

1967年国際基督教大学教養学部語学科卒業。72年ミシガン大学言語学博士。現在ウィスコンシン大学東アジア言語・文学学科準教授。著書に *Negation in Japanese* (Boreal Scholarly Publishers), 論文に「談話・文章における"のです"の機能」（『言語』1984年, Vol. 13, No. 1, 大修館書店）他がある。

外国人のための日本語例文・問題シリーズ13

語　彙

昭和六十三年十一月十五日　印刷
昭和六十三年十一月三十日　初　版

著　者　三浦　昭
　　　　マクグロイン花岡直美
発行者　荒竹　勉
印刷／製本　中央精版印刷
発行所　荒竹出版株式会社
東京都千代田区神田神保町二—四〇
郵便番号一〇一
電話〇三—二六二—〇二〇二
振替（東京）二—一六七一八七

（乱丁・落丁本はお取替えいたします）

ISBN4-87043-213-7　C3081

定価1,800円

NOTES

外国人のための日本語
例文・問題シリーズ13

『語彙』練習問題解答

正解が一つ以上ある場合は、最も適当な答えをまず挙げ、二次的なものは（　）のなかに入れた。／は、複数解答のどれもが同等に適当なことを示す。

第一章　類義語

〔一〕の(1)　1 となり　2 となり（横）　3 横

〔一〕の(2)　1 別　2 ほか（別）　3 別　4 ほか、別　5 ほか

〔一〕の(3)　1 うち　2 うち　3 うち／なか　4 なか　5 うち

〔一〕の(4)　1 学生　2 生徒　3 生徒

〔一〕の(5)　1 値段　2 物価　3 物価

〔一〕の(6)　1 返事（答え）　2 返事　3 答えられた

〔一〕の(7)　1 先生　2 教師（先生）　3 先生々々

〔一〕の(8)　1 今度の　2 次（今度）

〔一〕の(9)　1 緑　2 青　3 青い　4 青々とした／緑の

〔一〕の(10)　1 いえ　2 うち　3 うち　4 いえ（うち）

〔二〕の(1)　1 して　2 して　3 した／やった　4 して

〔二〕の(2)　1 がある　2 が二まいあります（を二まい持っています）　3 が三人ある　4 がない／を持っていない　5 がたくさんある　6 がありますか（を持っていますか）

〔二〕の(3)　1 反する　2 反して　3 反対して

〔二〕の(4)　1 分かり　2 知って、分からない　3 分からない　4 知らない　5 分からない　6 分かって　7 知らなかった

〔二〕の(5)　1 話した　2 言う　3 話せば　4 言った　5 言った

〔二〕の(6)　1 頼んで　2 頼んだ、聞いて

〔二〕の(7)　1 知らせて（教えて）　2 教えて　3 知らせて（教えて）　4 知らせた（教えた）　5 教えて　6 教えて

〔二〕の(8)　1 のぼる　2 あがる　3 あがる　4 のぼる

〔二〕の(9)　1 考える　2 考えて　3 思った

〔二〕の(10)　1 助けて　2 手伝って　3 助けて

〔二〕の(11)　1 勤めて、働いて　2 勤めず、働く

〔二〕の(12)　1 覚えられない　2 習う　3 習った、

覚えて

〔二〕の⒀ 1 寝ないで（眠らないで） 2 寝て 3 眠れ（寝られ）

〔二〕の⒁ 1 人気があって 2 はやっている（人気がある） 3 はやっている

〔三〕の⑴ 1 小さい 2 小さい 3 若い

〔三〕の⑵ 1 年を取った、古い 2 古い 3 年を取った

〔三〕の⑶ 1 広い（大きい） 2 大きい（広い） 3 大きい 4 広ければ

〔三〕の⑷ 1 広い 2 厚すぎる 3 厚い、太い、太い

〔三〕の⑸ 1 きれいだ 2 きれいに

〔三〕の⑹ 1 寒い 2 寒い、冷たい、寒く 3 冷たい

〔三〕の⑺ 1 暖かく、暑い 2 暖かく 3 熱い

〔三〕の⑻ 1 上手な／うまい 2 おいしい 3 おいしい

〔三〕の⑼ 1 太っている 2 太っている、太くない 3 太い

〔三〕の⑽ 1 嬉しかった 2 楽しい 3 嬉しかった 4 楽しかった

〔三〕の⑾ 1 多く／たくさん 2 多い／たくさんいる 3 たくさん 4 多い 5 たくさん／多くの

〔三〕の⑿ 1 にぎやかで 2 うるさい

〔四〕の⑴ 1 一人で 2 一人で 3 自分で（一人で） 4 自分で

〔四〕の⑵ 1 全く 2 全く／全然

〔四〕の⑶ 1 このあいだ 2 このごろ 3 このごろ、このあいだ

〔五〕の⑴ 1 あの 2 その 3 あの 4 その、あの

〔五〕の⑵ 1 よると 2 よって 3 よると 4 よって 5 よって

第二章 外来語

〔一〕の⑴ 1 ごはん 2 ライス

〔一〕の⑵ 1 ブラック 2 黒

〔一〕の⑶ 1 運転 2 運転 3 ドライブ

〔一〕の⑷ 1 客 2 客 3 ゲスト

〔一〕の⑸ 1 お菓子 2 ケーキ 3 ケーキ（お菓

子）

〔一〕の(6) 1 風呂 2 バス（風呂）

〔一〕の(7) 1 開いている 2 オープンする（開く）

〔一〕の(8) 1 まぐろ 2 ツナ

〔一〕の(9) 1 熱い 2 ホット 3 熱

〔一〕の(10) 1 季節 2 シーズン（季節）

〔一〕の(11) 1 ウィンドー 2 窓

〔二〕の(1)(2)(3) 1 マンション 2 カンニング 3 ミシン 4 マンション

〔二〕の(4)(5)(6) 1 トランプ 2 タレント 3 クーラー 4 タレント

〔二〕の(7)(8)(9) 1 ストーブ 2 ジャー 3 バイキング 4 ストーブ

〔二〕の(10)(11)(12)(13) 1 パンツ 2 スマート 3 ファイト 4 ガス 5 ファイト

〔三〕の(1)(2)(3)(4)(5) 1 バレー 2 コップ 3 ストライキ 4 ボレー 5 バレエ 6 ガラス 7 グラス 8 カップ 9 ストライク 10 ガラス

〔三〕の(6)(7)(8)(9)(10) 1 ボール 2 ビール 3 フライ 4 ビル 5 バス 6 フライ 7 ボウル 8 トラック 9 バス 10 トラック

〔四〕の(1)(2)(3)(4) 1 コンセント 2 ガソリン・スタンド 3 キャッチ・ボール 4 モーニング・コール 5 コンセント

〔四〕の(5)(6)(7)(8) 1 ルーム・クーラー 2 ラブ・ホテル 3 オートバイ 4 フリー・サイズ 5 オートバイ

〔四〕の(9)(10)(11)(12) 1 ソフト・クリーム 2 ワイシャツ 3 ビジネス・ホテル 4 フロア・スタンド 5 ソフト・クリーム

〔四〕の(13)(14)(15)(16) 1 ホチキス 2 ガッツ・ポーズ 3 プッシュ・ホン 4 ホチキス 5 ライブ・ハウス

〔四〕の(17)(18)(19)(20) 1 シャッター・チャンス 2 トレパン 3 ナイター 4 トレパン 5 シルバー・シート

第三章 接頭辞・接尾辞

A 接頭辞

〔一〕 1 ご、ご、お、お、 2 お、お 3 ご、お 4 ご、お 5 ご 6 ご、お、お 7 お、お

〔二〕 1 無 2 未 3 不 4 非 5 不 6 未

7 非　8 無　9 不　10 不

〔三〕一　1 真暗な　2 真夜中　3 真青な　二　1 丸出しなので　2 丸二年　3 丸焼けになって

B 接尾辞

〔一〕1 先生方　2 私たち　3 彼ら　4 私ども　5 子供たち

〔二〕一　1 入りにくい　2 読みやすい　3 読みにくい　4 書きやすい／読みやすい／覚えやすい　5 住みにくい　6 分かりやすい／読みやすい　7 使いにく／読みにく　8 食べにくい／切りにくい　9 間違えやすい／区別しにくい　10 行きにくい　二　1 にくい　2 かねます　3 づらいです　4 にくいです　5 がたい

〔三〕1 費、代、代　2 料　3 料　4 費、費　5 賃　6 代

〔四〕1 人　2 者　3 員　4 家、士

〔五〕の(1)(2)　1 高さ　2 面白さ／面白み　3 暑さ　4 ありがたみ／ありがたさ　5 あまみ　6 たのしみ

〔五〕の(3)　1 国民性　2 可能性　3 重要性／必要性　4 必要性（重要性）　5 創造性　6 危件性

〔五〕の(4)(5)(6)　1 かぜぎみです　2 多めに　3 おくれがち（ぎみ）だ　4 太りぎみです　5 早めに　6 ありがちなことだ　7 長めの　8 つかれぎみです　9 休みがちだ　10 遠慮がちな

〔五〕の(7)　1 借金　2 ごみ　3 泥

〔五〕の(8)　1 まみれ／だらけ　2 だらけ

〔五〕の(9)　1 身ぶり、手ぶり　2 口ぶり　3 何年ぶり、ひさしぶり

〔五〕の(10)　1 とり／もぎ　2 つき（焼き）

〔五〕の(11)　1 つけ　2 やり　3 立ち　4 借り　5 出し（おき）

〔六〕1 おき　2 ごと　3 ごと／おき　4 ごと　5 おき　6 ごと

〔七〕1 じゅう、に　2 ちゅう、は　3 じゅう　4 ちゅう、は

〔八〕1 行きたがる　3 寂しがっている　5 ほしがる　8 面白がる

〔九〕の(1)　1 しめ　2 忘れ　3 やす　4 子供　5 おこり

〔九の⑵〕 1 経済的 2 女性的 3 家庭的（女性的） 4 人工的 5 積極的 6 世界的 7 私的 8 政治的 9 日本的 10 保守的

〔九の⑶〕 1 歴史上 2 経済上 3 法律上 4 政治上 5 教育上

〔九の⑷〕 1 都会化した 2 青少年の不良化 3 機械化した 4 社会の民主化 5 貿易の自由化

〔九の⑸〕 1 言いたげな 2 得意げに 3 ありげな

〔10〕 1 妹が一人 2 えんぴつが十本 3 切手を八枚 4 めざまし時計をひとつ 5 着物を一枚も 6 猫が一匹とカナリヤが三羽 7 ワインを一ぱいも 8 ビートルズのレコードは何まいも 9 日本語の辞書は一さつも 10 上下二巻 11 日本映画を二本 12 みかんを六つ／六個 13 タクシーを二台 14 馬が四頭 15 地下鉄が三本

第四章 文体によって変わる語彙

〔一の一〕 1 家、買わないわけにいかない 2 本をずいぶんたくさん持っている 3 信じられないほど変わった 4 負けた 5 使って 6 授業が始まる 7 首相が決めなければならないことは多い 8 みんなが着いてからになるはずだ 9 黙ってばかりいる 10 言葉が使われている 11 いろいろな材料がいる 12 交通事故で死ぬ人 13 オリンピックで勝ったこと 14 田中さんから手紙が着いた／来た 15 分かる 16 幽霊がいると信じる人 17 本を読む

〔一の二〕 1 勉強する人、増えて 2 全部覚えなくてはいけない 3 旅行は時間がかかった 4 自分、自分で 5 貧乏な

〔一の三〕 1 降らないだろう 2 もっと 3 とても難しい 4 クリスチャンじゃない人、する、意味がない 5 高くなる、だろう 6 まるで、のようだ 7 のようだが 8 負けて、もう 9 少ない、だから 10 ないわけにはいかない、だけ 11 まだ 12 りっぱな、いない

〔一の四〕 1 自分が分からないで、分かる 2 車を持つこと、今、普通 3 突然／急に、変わった 4 貯金するのが大切なことだということ

〔二〕 1 本当にすみません 2 きょうは晴れてい

ます（晴れです）　3 どっちがいいでしょうか　4 あしたかあさってにしましょう　5 今度とうとう結婚することにしました　6 きのうの試験はどうでしたか

〔三〕 1 わたし、もう御飯食べたわよ　2 おいしそうな物があるわ（あるわよ）　3 わたし行くわよ　4 あなたのお父さん、いくつ　5 いやよ（いやだわ）

第五章　挨拶語

(1)(2) 1 b　2 b　3 c　4 c　5 a

(3)(4)(5)(6) 1 b　2 b　3 a　4 a　5 a　6 b　7 b　8 b　9 a　10 b

(7)(8)(9) 1 a　2 b　3 a　4 b　5 b　6 b　7 b

(10)(11)(12)(13) 1 b　2 a　3 b　4 b　5 b　6 a　7 b　8 a

第六章　総合問題

一 1 ほか　2 物価　3 学生　4 うち　5 となり　6 生徒　7 値段　8 なか　9 横　10 別

二 1 次　2 青い　3 うち　4 先生　5 返事　6 答え　7 今度　8 教師　9 緑　10 いえ

三 1 反対する　2 する　3 ある　4 分かる　5 知る　6 反する　7 持っている

四 1 考えて　2 のぼって　3 教えて　4 きいて　5 言って　6 頼んで　7 あがって　8 思って　9 話して

五 1 勤めて　2 覚えて　3 助けて　4 眠って　5 人気があって　6 寝て　7 働いて　8 習って　9 はやって

六 1 古い　2 広い　3 大きい　4 小さい　5 年を取った、若い

七 1 暑い　2 厚い　3 太い　4 美しい　5 寒い、冷たい　6 あったかい　7 きれい　8 上手　9 熱い　10 たくさん　11 楽しい　12 太っている　13 嬉しかった

八 1 一人で　2 全く　3 自分で　4 このあいだ

九 1 ドライブ　2 ブラック　3 ケーキ　4 ライス

一〇 1 オープン 2 バス・3 ゲスト 4 ツナ

一一 1 クーラー 2 ウィンドー 3 ファイト 4 ホット 5 シーズン

一二 1 ミシン 2 カンニング 3 ジャー 4 タレント 5 トランプ

一三 1 マンション 2 パンツ 3 ストーブ 4 スマート 5 バイキング

一四 1 バレー 2 ストライキ 3 ガラス 4 コップ 5 ストライク 6 グラス 7 ボウル 8 バレエ 9 カップ

一五 1 d 2 e 3 b 4 a 5 c

一六 1 b 2 c 3 e 4 d 5 a

一七 1 [illegible] 2 e 3 a 4 b 5 d

一八 1 d 2 b 3 e 4 a 5 c

一九 1 ご、お 2 お、お 3 ご、お 4 ご、お 5 お、ご

二〇 1 未納 2 不景気 3 未成年 4 無知

二一 1 め 2 がち 3 ぎみ 4 め 5 がち 6 げ 7 っぽい

二二 1 だらけ 2 たて 3 っぱなし 4 ぶり

二三 1 がる 2 ぶる 3 がる 4 ぶり

二四 1 的 2 化 3 上 4 性 5 的

二五 1 こ 2 人 3 本 4 名（人） 5 まい

二六 1 さつ 2 匹（ひき） 3 まい 4 部

二七 1 頭（とう） 2 台 3 軒（げん） 4 度

二八 1 羽（わ） 2 階 3 杯（ばい） 4 戸（こ） 5 回

二九 1 × 2 ○ 3 × 4 ○ 5 ×

三〇 性、的、性、上

三一 ぎみ、っぱなし、家、者、たい、お、失礼します、ご、ご、ちゅうに、だらけ 1 × 2 ○ 3 ○ 4 × 5 ×

三二 (1) 着いて (2) もう (3) いろいろなことで困った (4) いちばん大きい (5) 分からなくて（分からなかったし） (6) ずっと黙（だま）っていた (7) だから (8) とても（大変） (9) で (10) なじめなくて／なじめないで (11) だけ (12) 足りない (13) だろう

三三 1 どうもありがとう 2 きのうはどうも 3 いかがですか 4 いいえ 5 ちょっと失礼します

定價：150元
郵購單本需另加34元

發 行 所：鴻儒堂出版社
發 行 人：黃 成 業
地 址：台北市城中區10010開封街一段19號
電 話：三一二〇五六九、三三一一一八三
郵政劃撥：〇一五五三〇〇～一號
電話傳真機：〇二一三六一二三三四
三 民 店：台北市三民路160號惠陽百貨二樓
電 話：七六〇八八三六
香港經銷處：智源書局·九龍金巴利道27－33號
永利大廈2字樓A座
印 刷 者：楨文彩色平版印刷公司
電 話：三〇五四一〇四
法律顧問：蕭 雄 淋 律 師
行政院新聞局登記證局版台業字第壹貳玖貳號
中華民國七十七年十月初版一刷
中華民國八十一年十一月初版二刷